Julien Dufresne-Lamy

Les Bienheureux

roman

PLON
www.plon.fr

92, avenue de France
75013 Paris
www.plon.fr
www.lisez.com

Mise en pages : Graphic Hainaut
Dépôt légal : août 2022
ISBN : 978-2-259-31224-0

Bienheureux \bjɛ̃.nœ.ʁø\, adj. et nom masculin :

1 – Parfaitement heureux, content, radieux.

2 – Qui procure à l'autre beaucoup de bonheur.

3 – Qui représente une chance très favorable, promesse de bonheur.

4 – Personne qui jouit de la perfection éternelle.

Et après avoir fait tout ce qu'ils font,
ils se lèvent, se baignent, se talquent,
se parfument, se coiffent, s'habillent
et ainsi progressivement redeviennent
ce qu'ils ne sont pas.

Julio Cortázar, *Amour soixante-dix-sept*

Quiconque doit aimer aime à première vue.

William Shakespeare, *Comme il vous plaira*

Orpheline

Prologue

Il y a dans chaque maladie rare le chuchotement d'un roman, le frémissement d'une histoire. Dans celle-ci, ils ont tous les yeux bleus.

De ce bleu, ils me regardent tendrement et c'est la même couleur, la même intensité qui paraît inventée pour eux. Je les rencontre mois après mois, clan après clan, ville après ville. Ils ont ce visage au couteau, diaphane et presque pâle, comme cette peau lâche qu'on observe sur le corps des oisillons. Au-dessus de leurs têtes, des tignasses bouclées, blondes ou sombres, jamais domptées. En dessous, des joues pleines, des bouches larges et tombantes, des nuques fines, des corps graciles et ces yeux toujours qui cherchent à transpercer les forces du jour. Des yeux facétieux et drôles, insensés aussi et dramatiques, avec ce bord étoilé qui étire leur regard comme de petits élastiques.

L'histoire qui suit raconte neuf personnages autant que neuf enfants. Ils sont touchés par le même sort. La même maladie orpheline. Un syndrome sans antécédent familial, sans réponse thérapeutique, qui concerne un enfant sur sept à dix mille. C'est une maladie qui ne guérit pas. C'est simplement une autre vie. Dans le monde, trois cent mille personnes vivent cette vie.

Ils s'appellent Marius, Arthur, Enzo, Thomas, Maléna, Axelle, Romain, Marie, Svetlana. Ils ont un, trois, dix, douze, dix-huit ans. Ils vivent à Paris ou en banlieue, à Nîmes, à Caen, à Versailles, en Corse ou au Mans. Ils aiment leur école, leurs parents, leurs meilleurs amis, leurs animaux de compagnie Mister Jingles et Sweetie, la musique coréenne et les chorales d'église, les puzzles si souvent, les engins mécaniques, les tracteurs, les partitions de musique comme les livres de recettes dont ils peuvent réciter la moindre étape, le moindre dosage.

Leur syndrome s'appelle Williams-Beuren et a été décrit pour la première fois en 1961 par un médecin néo-zélandais, J. C. P. Williams, puis étudié de nouveau en 1964 par un de ses confrères allemands, le Dr Beuren. Les deux cardiologues mettent en évidence une naissance avant terme et un corps pesant moins de trois kilos, des malformations cardiaques, un excès de calcium dans le sang, des troubles digestifs avec vomissements. Avec l'âge, des difficultés sévères d'apprentissage, d'alimentation et de sommeil. Une hypersensibilité aux bruits. Un retard intellectuel et moteur. Un QI oscillant entre 40 et 90 ainsi qu'un strabisme, un trouble de la réfraction, une taille adulte petite – un mètre cinquante-neuf pour les hommes, un mètre quarante-sept pour les femmes – et une modification des traits du visage.

Mais les personnes atteintes du syndrome sont joyeuses, souriantes, aimables, curieuses. Elles se comportent avec les gens comme s'il y avait en eux un aimant. Elles sont sensibles à la poésie, au rythme, aux émotions et, grâce à une excellente mémoire visuelle et auditive, sont douées pour la musique et l'apprentissage des langues. La plupart d'entre elles bénéficient même de ce qu'on appelle «l'oreille absolue». C'est le cas par exemple de Gloria Lenhoff, soprano porteuse du syndrome, capable de fredonner deux mille cinq cents airs en vingt-cinq langues différentes avec un accent rapporté comme étant parfait. Pourtant son QI est évalué à environ 55, et comme Axelle, Arthur et tant d'autres, la chanteuse lyrique ne peut réaliser un calcul fût-il le plus rudimentaire.

Pour les décrire, J. C. P Williams parle de traits elfiques et de corps de lutin et le premier lutin devant moi, assis sur une chaise haute de cuisine, ses recettes imprimées en lui comme des poésies, ses gestes impatients, ses bras nerveux comme des balles qu'on lance, s'appelle Marius.

Pendant un jour, un mois, un an, deux ans, j'écoute Marius et les autres enfants. J'écoute leurs frères et sœurs, leurs parents, leurs amis, leurs parrains, leurs mondes grandiloquents. J'écoute puis j'écris. Je raconte leurs vies. Et ce n'est pas rien de raconter une vie. Raconter d'autres vies, c'est un immense chuchotis.

Il est quatorze heures et je suis en retard. Je m'en refuse le droit. Je râle en silence dans le métro en panne face à deux lycéennes aux chaussures compensées. Dans l'Ouest parisien, je vais rencontrer Marius et chaque minute compte. Je cherche la rue, longe une terrasse de restaurant, arrive au croisement. À la petite porte cochère, je sonne. Un jeune homme finit par m'ouvrir. Il me regarde, la bouche ouverte, les mains nerveuses et mon retard, Marius n'en fait pas cas. Sur les lattes en point de Hongrie, Marius me fait signe d'entrer. Il me tend une main avec l'air qui démange sévèrement. Parce que le jeune homme cherche à cacher ce long frémissement : commencer le livre. Le livre sur moi, annonce-t-il fièrement. Derrière lui, Anne-Laure, sa mère, rectifie :

— Un livre sur toi et les autres aussi. Un livre sur tous ceux qui vivent de près ou de loin avec la différence dans leur vie.

Non sans mal Marius se fait corriger et prie sa mère de retourner dare-dare à son télétravail. Anne-Laure sourit, ça tu verras, c'est Marius tout craché, mais ça ira ? Je vous laisse ? Tu n'hésites pas, il y a du Coca zéro au frigo et des biscuits au Nutella,

Marius adore les Prince et les B-Ready, tu aimes ça ? Et, la question maternelle en suspens, Marius m'escorte au bout de ce long couloir planté de livres d'art pour que lui et moi, bol de Prince régnant sur la table, commencions l'histoire.

Une naissance

Marius est étendu sur son matelas à langer et ses yeux sont clos, fermés comme un écrin. Près de lui, sa mère Anne-Laure le regarde et tout de suite elle sait. Dans la clinique privée, la jeune mère éreintée court après les bonnes sœurs pour mettre un mot sur ce qui la tracasse. Sa propre mère la rassure : tout le monde trouve Marius adorable. Mais, comme une vérité en elle, Anne-Laure sait que quelque chose ne va pas, se répétant la phrase de son amie Julie qui a accouché d'un prématuré de cinq cents grammes et qui maintenant, en voyant Marius, s'écrie : oh comme j'aime les tout petits petits bébés.

Dans sa bulle stérile, c'est vrai que Marius est un tout petit bébé. Pour sa mère, il n'est pas un poupon. Il ressemble à un petit E.T. et sur les albums photos qu'elle me montre, je suis d'accord. Sa peau toute fripée, son corps chétif. Son calme inquiétant aussi. Mais les sœurs poursuivies dans les couloirs répondent avec un sourire chrétien qu'il ne faut pas s'alarmer. Tout est normal. Oui, Marius est un petit spécimen, mais c'est fréquent. Il va prendre du poil de la bête.

Anne-Laure vient d'accoucher en trois heures, montre en main. L'enfant pèse deux kilos cinq cent soixante et à soixante grammes près, il aurait été transféré d'urgence dans un autre hôpital. Anne-Laure n'est pas dupe. Elle entend les « tout va bien ! » qui font motif quand elle traverse les vieux couloirs de la maternité. Au-dessus de sa tête, une télé annonce les naissances, heure par heure, quand les cloches en font de même sous le préau. Ça tinte, ça ding, ça retentit. Tout va bien, Madame. Tout va bien, à croire que c'est une antienne.

La suite, Anne-Laure s'en souvient. Dans la cuisine, face au bol de Prince dévoré par son fils, elle nous rejoint et la mère se rappelle de tout. Un air de musique jamais envolé. C'est devant ses yeux, aux premières lignes de sa mémoire, son regard se dérobe, à droite, à gauche, et je sais qu'avec les premières questions inconfortables, elle se retrouve propulsée là-bas. Au commencement de l'histoire.

— Le pédiatre diagnostique à Marius un souffle au cœur, mais, encore une fois, on dit ce n'est pas grave. On me rétorque que j'ai tellement fait d'examens au cours de la grossesse que ce souffle est un épisode isolé. Pour le confirmer, on me demande quand même de prendre un rendez-vous chez le cardiologue, histoire d'être rassurée.

Anne-Laure et Marius se retrouvent face à un pédocardiologue. Sous des reproductions africaines, le spécialiste affiche un air exagérément courtois, faisant les cent pas dans son cabinet tapissé de cadres vernis et de plantes discrètes. Anne-Laure est sereine : elle connaît ce docteur depuis sa grossesse. C'est lui qui a réalisé les échographies de Marius après qu'une échographiste de quartier a décelé quelque chose d'infiniment petit sur le cœur. Une tache qu'elle n'expliquait pas. Mais le second échographiste a assuré qu'il n'y avait aucun problème avec le cœur du bébé. Face à Marius, celui-là change d'avis : « C'est grave, votre fils ne peut pas rester chez vous, une chambre est réservée à Necker. »

En silence, rien qu'un effondrement. Le même qu'aujourd'hui quand elle le raconte, à quelques retentissements près. Anne-Laure essaie de restituer la suite. Elle se retrouve dans un service de cardiologie dédié aux moins d'un mois. En quelques pas qui lui semblent être des marathons, elle y est. Anne-Laure regarde en silence tous ces nouveaux nés si minuscules qu'ils paraissent immenses. Tous ces bébés étendus, reliés à de lourdes machines qui bipent sans s'arrêter. Sur une porte couleur saumon, le prénom de Marius est inscrit sur un autocollant. Anne-Laure le fixe, c'est une image qui ne partira jamais, et la mère finit par laisser son fils aux bras des soignants avant de quitter le vieux bâtiment.

Un départ comme une agonie. Un silence arraché qu'Anne-Laure n'oubliera jamais, comme elle n'oubliera jamais les jours d'après où on lui annonce que c'est grave, bénin, très dangereux, qu'il va falloir opérer, peut-être pas, peut-être faut-il un examen exploratoire du cœur ou des analyses génétiques. C'est le week-end et les internes enchaînent les scénarios. Anne-Laure est pendue à son téléphone et à chaque nouvelle version du film, la jeune femme ploie sous une charge invisible.

Le lundi, on lui demande de rappliquer et voilà que le cardiologue soliloque :

— C'est votre premier, n'est-ce pas ? Moi, vous savez, j'en ai quatre, c'est beaucoup quatre. Ils ne font pas tous maths sup, n'est-ce pas ? Et Marius non plus ne fera pas maths sup. Parce que je dois vous dire, il va avoir de grandes difficultés en maths, mais ce sera un enfant réjoui tout le temps. Il sourira à s'en fatiguer les muscles. Marius sera très sympa, il aura envie d'aimer la terre entière, et il aura même l'oreille absolue, c'est formidable, l'oreille absolue, non ?

Le médecin répète que c'est sacrément formidable et Anne-Laure n'y croit plus.

— Il sera heureux, cet enfant, vous verrez.

Anne-Laure tique en entendant le mot : *heureux*. En allant allumer un cierge juste avant la visite, elle s'est fait cette promesse : rendre son fils heureux.

Dans le bureau, l'homme parle et la femme écoute. Le cardiologue explique mais ça manque de sens. Anne-Laure écoute la vase des mots et ça l'enfonce, et l'enfonce. L'oreille absolue, maths sup, quoi maths sup? Anne-Laure s'en fout de maths sup. Son fils fera ce qu'il voudra. Et le cardiologue finit par lâcher la vérité : nous pensons que votre fils est atteint d'un syndrome rare. Le syndrome de Williams-Beuren.

— D'un point de vue génétique, je dois vous expliquer. Le syndrome est dû à la perte d'un morceau du chromosome 7, situé dans la région q11.23. C'est du japonais, mais vous allez comprendre. La partie manquante du chromosome, nous appelons ça une microdélétion, contient vingt-neuf gènes importants. C'est là que ça coince. Parmi eux, le gène ELN responsable des problèmes cardiaques et de l'élasticité des tissus du corps, notamment de la peau, des vaisseaux sanguins, des poumons et des articulations. Parmi les autres gènes manquants, certains concernent la création de protéines essentielles au fonctionnement du cerveau et au développement cognitif. D'autres sont facteurs de certains traits du visage comme le contour de l'œil gonflé, les joues pleines et les lèvres proéminentes.

Avec l'énergie que je lui connais, Anne-Laure réagit au débotté.

— Marius n'a ni les joues pleines ni les lèvres… comment vous dites? Proéminentes? Marius n'est qu'un nouveau-né.

— Pour le moment, vous avez raison. Mais ces traits viendront. Comme le reste.

La phrase résonne dans la tête de la jeune mère comme une fatalité. Et le spécialiste enchaîne :

— On appelle cette maladie « syndrome des gènes contigus » car elle est liée à la perte de plusieurs gènes situés les uns à côté des autres. La sévérité du syndrome dépend de la taille de la microdélétion et des symptômes qui varient en intensité d'un patient à l'autre. Voilà pourquoi elle n'est pas simple à diagnostiquer.

— Et si j'ai un autre enfant ? Est-ce qu'il courra le même risque de... ?

— Pas d'inquiétude, le risque d'avoir un autre enfant porteur de la maladie est celui de tout le monde. Il n'existe aucun antécédent. En revanche, le risque pour Marius plus tard d'avoir un enfant lui aussi atteint de la maladie est de 50 %.

Anne-Laure ne répond rien, elle réfléchit. Elle se retrouve devant une vaste feuille, blanche. Tandis que le médecin l'encourage à faire un autre enfant pour aller de l'avant, Anne-Laure se volatilise sur sa feuille, dans le silence de l'espace-temps.

Trois ans plus tard, elle accouchera d'un deuxième garçon et les bonnes sœurs finiront par avouer : à sa naissance, Marius était sous étroite surveillance, toute l'équipe était inquiète. Longtemps, Anne-Laure me confie qu'elle s'est sentie manipulée, tout autant dupée par l'échographiste qui pendant des mois lui assurait que tout allait bien avec le cœur de son enfant. Anne-Laure se doute des raisons pieuses de cette cachotterie. Elle a évidemment songé à une action en justice, elle qui s'était justement spécialisée dans l'erreur médicale durant ses études de droit. Mais à vingt-sept ans, Anne-Laure est devenue mère et ça change tout. Une mère comme elles le sont toutes : inquiète et heureuse en même temps, une mère qui tient à être là, qui refuse à tout prix que Marius apprenne, quand il sera grand, cette histoire de procès au risque qu'elle ne soit pas près de lui pour la lui expliquer. Marius dans ses bras, Anne-Laure se transforme. Elle devient une entité implacable qui, d'un basculement, en une seconde inouïe de maternité, n'envisage plus une vie sans son fils, car sa vie, maintenant, c'est à jamais lui.

La bonne nouvelle qu'Anne-Laure apprend dans le bureau du cardiologue, c'est que l'opération ne se fera pas et la jeune mère quitte l'hôpital réjouie ; Marius a un syndrome et peu importe, à part les lèvres proéminentes et les maths, ça n'a pas l'air grave. La mauvaise, qu'elle apprendra ensuite, c'est que l'opération – qui consiste à glisser une caméra entre les artères pour examiner le cœur – est interdite chez ces nouveaux-nés du fait du déficit d'élastine qui les caractérise. Leurs artères sont trop fragiles pour laisser passer un tel dispositif.

En rentrant, Anne-Laure tape naïvement le nom du syndrome sur Internet. Elle va vite, comme une sténo, et, à l'époque, les informations vont dans tous les sens. Les discussions sur les forums se font alarmistes, tout comme les photos en noir et blanc des enfants, peu flatteuses, pour ne pas dire effrayantes. Anne-Laure les fait défiler et la scène n'a pas de mots. Anne-Laure lutte, se raccroche à sa pensée magique, son déni. Non, ces photos ne sont pas celles de son fils. Il n'est atteint d'aucun syndrome et les résultats du test génétique prévu un mois plus tard vont le prouver.

Dans l'attente des résultats, le médecin de famille prépare la jeune mère. Il lui fait comprendre ce que représente une cardiopathie chez un nouveau-né et lui prescrit des vitamines. Anne-Laure commence à être aidée. Elle commence à comprendre. Elle passe les fêtes avec ses proches, comme un soldat concentré. La veille du Nouvel An, Anne-Laure sort faire des courses avec sa mère et son fils. Marius est endormi dans le siège enfant, la grand-mère conduit, Anne-Laure cherche à tromper l'attente, le regard enfoui dans le rétroviseur. Entre Saint-Mandé et le centre commercial, la jeune mère se retourne, surprise de ne plus entendre les incessants gazouillis de son fils. Dans le siège rouge à pois bleus, Marius est inerte, la peau pâle, si pâle que la jeune mère défait brusquement sa ceinture et secoue son fils.

Anne-Laure me dit qu'elle y pense chaque jour. Sans cette secousse, Marius serait parti.

Sept jours plus tard, Anne-Laure se retrouve à Necker, dans le bureau d'un jeune interne généticien qu'elle a inondé de coups de fil pendant les fêtes. Anne-Laure est en confiance. Le généticien est sympathique, elle l'aime bien, il faut dire qu'ils ont, quoi ? À peine trois ans d'écart. Mais avant même que celui-ci confirme la délétion du chromosome 7, la psy présente ce jour-là tend une boîte de Kleenex à la jeune mère. Le mouchoir en ligne de mire, elle sait et elle tombe. Tout le reste, Anne-Laure l'occulte dans un coffre très loin. Un souvenir qui n'est plus. Vaguement se rappelle-t-elle qu'on lui parle de dossiers handicap à constituer et des rendez-vous prochains. Le reste est une brume.

La suite est une musique rapide lancée sur un vieux juke-box détraqué. Des examens sont organisés pour le cœur de Marius chaque semaine. Tout comme des rendez-vous avec les généticiens. Les médecins n'ont pas l'habitude d'étudier un bébé de trois semaines atteint d'un syndrome rare et ceux-là ont à cœur de voir comment il grandit. Alors, Anne-Laure cède à leurs demandes. Toutes les photos de Marius ainsi que les échographies anténatales sont léguées à la recherche. Pour Anne-Laure, la maladie devient sienne. Necker, son quotidien et son monde en vase-clos et celle-ci s'en rappelle, comme on se rappelle avoir vécu dans telle ville, avoir été dans telle fac, avoir voyagé dans tel pays.

Le pays d'Anne-Laure, c'est ce monde éclairé de néons sur deux étages. Un monde de blouses et de chambres, de généticiens à droite, de cardiologues à gauche, d'assistantes sociales qui reçoivent de onze à seize heures, tandis qu'Anne-Laure regarde avec embrasement Marius et les autres bébés de quelques semaines quand ils sont tous regroupés avec leurs mères en salle d'allaitement. Dans cette salle, Anne-Laure sympathise avec Myriam, la mère d'un nouveau-né atteint d'un problème au cœur. Elles discutent tous les matins et tous les soirs. Elles pleurent comme des sœurs. Elles se relèvent à deux, croisent dans les couloirs le personnel et cette assistante sociale, dame sans âge et sans visage qui, un soir, convie Anne-Laure dans son bureau alors qu'elle s'apprête à quitter les lieux. Elle lui dit :

— Si vous ne voulez pas de votre enfant, je vous ai trouvé un centre dans le 78 qui accueille les jeunes enfants atteints de graves cardiopathies, on peut le placer là-bas discrètement et rapidement.

Aujourd'hui Anne-Laure me dit qu'elle a oublié les traits de cette femme qui, entre deux portes, lui a proposé d'abandonner son fils comme on se déleste d'un poids, mais elle se souvient de chacun de ses mots et en y repensant, Anne-Laure veut croire à une provocation de l'employée, une sorte de test de ses capacités à affronter jour après jour ce qui sera sa vie. Pour elle, c'est important d'y croire, et je la laisse le supposer.

Dans son pays, Anne-Laure s'accroche à Marius. Il est son ciel et son phare. Pour elle, rien d'autre ne compte que ses gazouillis vibrants quand elle passe la porte de sa chambre, tout comme les bruits joyeux des machines qui s'emballent quand Marius vient capturer l'odeur unique de sa mère. C'est magique. Les infirmières rient, elles disent que Marius fait exploser de joie les machines. Face à sa mère, le bébé a quelques semaines et il palpite à son contact. Il rit, sourit en permanence, et Anne-Laure comprend que ce qui les lie est déjà plus qu'une histoire d'amour, c'est un numéro de magie.

Deux mois plus tard, Marius sort de Necker et Anne-Laure supplie la terre entière pour que son enfant atteint du cœur puisse bénéficier d'une place en collectivité. Une des directrices est d'accord pour intégrer Marius à ses effectifs, mais elle lui demande de ne rien dire du syndrome au personnel. La jeune mère peine à encaisser la manigance, mais accepte.

Marius en crèche, Anne-Laure sort de sa coquille. Elle se remémore aujourd'hui les soirées et les week-ends avec ses amis, à faire la fête et la fête, à s'épuiser à danser, manger, pleurer, boire, le père de Marius en fait de même de son côté et chacun craque à son tour avant de revenir au bébé. Anne-Laure passe ses journées d'un état à l'autre, dévouée à la promesse de Noël – entrée par hasard dans cette chapelle mal éclairée, elle qui ne croit pas en Dieu avait allumé un cierge et fait la seule prière de sa vie.

Tous les jours, Anne-Laure se renseigne sur la maladie. Elle écume les sites et les forums en ligne, mais peu de sources sont disponibles. Anne-Laure veut comprendre : et d'ailleurs, pourquoi parle-t-on de maladie *orpheline* ? La jeune mère veut se figurer les cardiopathies qui touchent un enfant atteint du syndrome sur cinq, les carences en élastine, les hernies, les déficiences, les motricités hasardeuses, les crises hypercalcémiques, les refus de se nourrir et de dormir, ou ces passions irrésistibles que les enfants porteurs ont pour la musique. Anne-Laure lance des bouées à ceux qui se trouvent sur son chemin. Elle rencontre les équipes d'Alliance maladies rares ainsi que celles de la Fédération des maladies orphelines. Anne-Laure fait la connaissance d'une bénévole qui lui dira :

— Si vous voulez que les choses bougent, il vous faut monter une association, c'est le seul moyen.

Marius a deux mois quand Anne-Laure reprend le travail. Elle renoue avec ses clients et ses collègues et personne ne lui reproche ses égarements, ses retards, les pensées angoissées qui s'allument et s'éteignent comme des feux, d'autant qu'à Necker on lui annonce que l'opération du cœur sera programmée dans quelques mois, le temps que Marius grandisse. La nuit, branchée aux blogs, Anne-Laure continue sa traque. Elle pose des questions à tous ceux qui, comme elle, vivent avec un enfant aux airs de lutin. Elle lit d'ailleurs que les elfes et les lutins des légendes auraient pour origine le syndrome de Williams-Beuren. Marius serait-il alors une créature littéraire, un être merveilleux? Épuisée, Anne-Laure referme le capot de son PC.

Un matin, elle tombe sur le site qu'un couple a créé pour sa fille, Meghann. Il y a quelques photos, des résumés. En bas de page, un livre d'or. Anne-Laure écrit un message. Au-dessus du sien, il y a celui de François. Ce dernier est chercheur, sa femme et lui vivent à Caen, leur fils Thomas a été diagnostiqué Williams il y a deux ans. Par e-mail, les deux parents échangent. François rassure la mère sur l'opération du cœur et celle-ci lui propose de monter une association. Celui-ci accepte immédiatement.

En quinze jours, un site est créé, Marius a trois mois. La mère ne veut pas d'une association comme les autres. Elle veut une structure qui fasse avancer la recherche et pour ça, Anne-Laure s'entoure de ses amies. L'une d'elles accepte d'endosser le rôle de la trésorière. Une autre, celui de la secrétaire générale. Une autre encore, avocate, rédige les statuts qu'Anne-Laure dépose en préfecture tandis que François et elle se partagent la présidence. Anne-Laure quitte son pays aux néons. Elle commence une nouvelle vie sur un fil, entre travail, famille et association. La jeune mère commence aussi les antidépresseurs. Son médecin de famille insiste, ses humeurs seront apaisées. Le petit a quatre mois et l'association connaît ses premières rentrées d'argent. À tour de bras, Anne-Laure lance des ventes de muguet, de calendriers, des kermesses, des courses à pied et un beau jour, elle se met en tête de participer au jeu télévisé *Fort Boyard*.

Ça a de l'allure, *Fort Boyard*, c'est national, c'est divertissant, ça a un impact. Pour plaider sa cause, la jeune femme met le pied dans toutes les portes et c'est elle tout craché, elle qui supplie comme elle a supplié la crèche et les internes, qui ne cède jamais, qui cherche sans cesse à obtenir, gagner, vaincre l'adversité. Cette fois on lui rétorque que pour être présente dans l'émission, il faut que l'association ait au moins un an d'existence, c'est le règlement. Anne-Laure fait la cour au stagiaire de la production, Cyril Féraud, pour obtenir une dérogation. Elle est confiante, elle sait y faire, il faut la voir à l'œuvre.

Entre-temps, alors que Marius joue avec une petite Solveig au parc Monceau, Anne-Laure rencontre sa mère, Alexia Laroche-Joubert. Au culot, elle lui demande de parrainer l'association. À l'époque productrice pour Endemol et directrice de la *Star Academy*, Alexia répond qu'elle est navrée, elle a vraiment une peur bleue du handicap. Ce à quoi Anne-Laure répond : moi aussi voyons, et pas qu'un peu ! Les deux femmes se mettent à rire, tandis que leurs enfants jouent ensemble et ça commence comme ça, Alexia devient la première marraine de l'association et, un mois plus tard, Anne-Laure et François mettent le point final au premier guide médical consacré au syndrome. Le projet est illustré de photos, des portraits soignés de Marius et Thomas, parce que les deux parents ont gardé en tête ces clichés affreux parcourus sur Internet. Le guide est prêt. Ces deux-là en sont fiers. Au début de l'été, il est envoyé aux médecins, aux échographistes, aux hôpitaux de France pour que leurs enfants et la maladie qui est la leur ne soient plus une énigme.

Tous les animaux du monde

Toutes les semaines, pendant six mois, j'ai rendez-vous avec François. À midi le plus souvent, quand le chercheur déjeune à son laboratoire, je lui passe un coup de fil ou l'invite en visioconférence. Je sais que j'ai cinquante minutes, montre en main. Sur mon écran, je vois des graphiques derrière mon interlocuteur, des courbes, des emplois du temps et des mots pointus inscrits au feutre noir, un tableau Velleda cerclé de Post-its, une gourde grise, la vie d'un homme dont on n'imagine rien d'autre que la passion pour les sciences et la physique.

À François, je viens avec cette question primaire. Qu'est-ce que le syndrome de Williams-Beuren ? Ce que j'en sais, ce n'est que Marius, sa vie, sa chambre, ses livres de cuisine. Le chercheur face à moi, il me faut comprendre une autre vie.

À chaque fois, avec François, les entretiens me nourrissent de données scientifiques, de définitions cliniques, d'avancées médicales. Mes journées sont marquées au rythme de mots que je ne connaissais pas. Délétion, sténose, microdontie. Des mots hyper-savants. Hyperacousie, hypercalcémie, hypocalciurie. Et je m'entends répondre bêtement : c'est hyper-intéressant.

Au fil des semaines, François devient mon appui, mon encyclopédie. Mon vocabulaire change, ma pensée avec lui. Mais passé les histoires de chromosomes et de délétions, je sais qu'il reste tout à saisir : il reste Thomas.

Le récit commence aux deux ans de Thomas. Le garçon aime la nature, les paysages, les animaux – plus que sa chambre. Le petit au corps chétif aime gambader, même s'il marche maladroitement. Il aime les bruits dont on ne perçoit pas la provenance. Le son du vent contre une façade. Le miaulement d'un chat la nuit. Les moteurs des voitures. Tout compte fait, n'importe quel bruit d'animal. Ça le fait frissonner.

Quand Thomas naît, il n'y a pas d'histoire. Le petit n'a aucun symptôme, ne présente aucun signe et les échographies n'avaient jusque-là rien révélé. Thomas est alerte, gigotant dans son couffin, face à ses deux parents touchés par la grâce. Dans la maternité de Caen toutefois, dans un repérage de nouvelles maladies génétiques, les médecins procèdent à des tests sur les nourrissons. Un hasard pur. Un prélèvement sanguin est fait sur le petit. Une semaine plus tard, la recherche d'indicateurs liés à une enzyme appelée trypsine s'avère positive.

Thomas subit des tests, comme un étudiant précoce. D'abord, m'explique François, un test de la mucoviscidose. Un test qui mesure la quantité de sel dans la sueur, pour lequel des chercheurs provoquent une transpiration chez Thomas, en faisant passer pendant cinq minutes dans son avant-bras un courant de faible intensité au travers d'une compresse imprégnée de pilocarpine. La sueur est recueillie au moyen d'un papier filtre et fait l'objet d'analyses en laboratoire. Chez Thomas, c'est un soulagement, le résultat du test est négatif. Il reste encore à obtenir celui du test de la maladie orpheline.

Très utilisé en recherche, ce test consiste en un prélèvement d'un échantillon de sang, basé sur la méthode dite «FISH»[1]. Une molécule, par l'entremise d'un produit chimique, se colle contre la partie de l'ADN où le gène concerné est susceptible d'être défaillant. Grâce à une teinture fluorescente, la molécule brille en petites taches sur le chromosome. Mais si elle ne brille pas, c'est qu'il manque le gène responsable de la production d'élastine et qu'il y a pathologie. Il s'agit d'un diagnostic fiable et facile, qui ne demande ni matériel, ni chimiste.

À l'instant où nous parlons, dans son laboratoire, François cherche à se souvenir des détails.

1. De l'anglais *Fluorescent In Situ Hybridization*, «hybridation *in situ* par marquage fluorescent».

Cette histoire est vieille de plusieurs années et je lui dis de prendre son temps. On en parle une semaine durant, puis trois. On y revient le mois suivant et François, peu à peu, remet les images et les souvenirs au bon endroit.

À l'époque du test, ça lui revient, d'autres symptômes apparaissent chez son fils. Des hernies, une extrême sensibilité aux bruits. L'enfant frémit au moindre son de moustique ou d'un engin au loin. Rien à voir avec sa passion pour les bruits d'animaux. Ces sons-là sont des vacarmes. C'est le premier *hyper* dans la vie de Thomas : l'hyperacousie. Le petit rencontre aussi des difficultés pour manger et dormir. Chaque soir, François écoute pleurer son fils, comme un cri perpétuel dans la nuit. Thomas ferme rarement les yeux ; il regarde, écoute ce qui se passe, et, chaque matin, il touche à peine à son biberon. Thomas n'a d'autre choix que de manger des purées ou des compotes, car ce qui contient des morceaux n'est pas envisageable. Résultat, il est plus frêle que certains bébés à peine nés et François le note dans l'un de ses cahiers : son fils gagne cinquante grammes chaque semaine. Pas assez pour passer le test. Pour qu'il s'épaississe, les nutritionnistes prescrivent des compléments composés de maltodextrine de maïs, un produit issu du mélange de plusieurs sucres à ajouter dans le biberon et peu à peu, Thomas se bâtit, ses cuisses deviennent rondelettes, ses joues aussi et le cahier de François note un progrès. Le test est fixé à février.

Pendant que François me raconte, depuis son laboratoire de Caen, je repense à ma question première. Qu'est-ce que le syndrome de Williams? Comment dire la maladie et son malade? Pour ne pas demander frontalement : dans toute cette vérité, qui est Thomas?

Dans l'attente du test, François n'a pas encore trente ans. Et, comme Anne-Laure dans sa chapelle, le chercheur se fait une promesse. Vouer sa vie à ceux atteints de maladies orphelines. C'est un engagement dont je ne peux, même si je le voulais, concevoir l'ampleur ni le degré de dévouement qu'il suppose. Lorsque cette promesse arrive dans sa vie, François ignore que son fils est atteint de l'une d'entre elles. Mais l'engagement est là, blanc parmi les objets blancs de la clinique, intact, immaculé, et il commence ce jour-là.

Le plus incroyable, c'est que François avait depuis longtemps programmé sa vie pour ce qui serait dit tôt ou tard dans ce CHU de province. À seize ans, il se prend de passion pour les émissions du Téléthon. Il n'en manque jamais une édition. Il les regarde seul, écoute chaque interview, chaque discours, chaque association, ça ne lui prend pas au cœur comme une téléspectatrice émue mais aux tripes, à une partie viscérale de lui. À dix ans, après une enfance brésilienne à Belo Horizonte, François sait qu'il deviendra chercheur. C'est ce qu'il répond aux adultes qui l'interrogent distraitement. Le jeune garçon est passionné par les origines des espèces et les naturalistes révolutionnaires à la Darwin. En grandissant, il veut enseigner les sciences. Il est le premier de sa famille à entrer à l'université – mais François n'aime pas que j'emploie cette formule. Il la trouve prétentieuse, lui qui considère que ses proches sont tout autant méritants, notamment son frère, qui a fait une école de cuisine.

Un cursus scientifique plus tard, le jeune homme soutient une thèse en astrophysique nucléaire, consacrée à l'origine du fluor dans l'univers et aux étoiles dites « AGB ». Les retransmissions du Téléthon aidant, François s'intéresse alors aux maladies rares autant qu'à ses étoiles. Il a vingt-cinq ans. Trois ans plus tard, il sera lui-même père d'un premier enfant porteur. Par quel étrange sort, par quelle destinée singulière, cela se produit-il ? Je pose la question, et François reconnaît qu'il y pense régulièrement. Une coïncidence ? Un sort métaphysique qui le dépasse ? Une question d'étoile, là encore ? Une destinée qui n'a rien de scientifique ? Comment savoir ?

Aujourd'hui, François passe son temps libre à communiquer sur ses recherches. Il se rend dans les écoles, les clubs, les colonies de vacances, dans les laboratoires du CNRS qu'il fait visiter tous les mois. Le père de Thomas voue sa vie aux plus faibles et ce n'est pas une promesse, c'est un accomplissement. Il était un professeur passionné, il va devenir un père engagé.

En février, Thomas est diagnostiqué porteur du syndrome de Williams ; François s'était préparé. Il encaisse la nouvelle et suit les mouvements des autres. Il prend le train en marche, peu importe la bascule intérieure. Dans le bureau de la généticienne, cela commence par une présentation de photos. Des clichés d'enfants atteints du syndrome que la généticienne commente :

— Celui-ci n'est pas beau, celui-là n'est vraiment pas beau, et regardez celui-là, encore.

Sur leur chaise, Thomas dans leurs bras, François et son épouse sont muets, interdits, comme lui l'est aujourd'hui quand je lui fais raconter la scène. Puis la généticienne se lève, attrape un appareil dans le tiroir de son bureau et prend une photo de Thomas pour sa collection privée. Elle range ensuite son appareil et se réinstalle, sans expliquer ni la maladie rare, ni les démarches à venir. Elle montre encore des images. Elle dresse des listes de toutes les choses que Thomas ne pourra jamais accomplir.

— Lire. Écrire. Dessiner. Compter. Conduire une voiture. Se marier. Faire des études ou des enfants. Avoir une vie indépendante. Il faut bien que vous compreniez.

Elle dit cependant qu'il aura l'oreille absolue, qu'il aimera la musique et les gens. Mais François et son épouse ne retiennent que cette liste, dépossédés de leur rôle de parents. Vingt minutes plus tard, la famille mise à la porte, François demande à tout hasard :

— Quand pourrons-nous nous revoir?

La spécialiste hausse les épaules.

— Ce sera notre seule entrevue, j'ai fait mon travail. Inutile d'aller voir d'autres structures, personne ne vous aidera.

— Mais alors, on fait quoi, maintenant?

François pourrait se reprocher une telle phrase. Elle est sortie toute seule, révélant sa vue tranchée, ses mains liées. Dans l'entrebâillement, la généticienne répond :

— Pas grand-chose; ne faites rien. Surtout n'en parlez pas à votre famille, il vaut mieux que personne ne sache.

«Ne parlez pas de *ça*», dit-elle précisément, ce *ça* qui reste à jamais gravé dans la mémoire de François.

À deux ans, Thomas trouve heureusement des refuges, car François refuse de se contenter de *ça*. La famille se rend au centre d'action médico-sociale précoce destiné au suivi des enfants handicapés et au CMP, le centre médico-psychologique, composé d'équipes de psychiatres, pédiatres, assistantes sociales, psychomotriciens. Pour elle, c'est une nouvelle histoire. Son monde devient celui, animé, des centres, des chaises en métal ceignant les couloirs, des peintures murales, des sourires dans les bureaux minuscules, comme d'indépassables façades. Thomas grandit peu. Sa difficulté à dormir et à se nourrir est la même. Ses mots en bouche sont rares. Tout comme ses rêves. François explique qu'en chantant des chansons, le repas passe plus vite. Alors le jeune père se met apprendre par cœur le répertoire français des comptines.

— Je crois qu'à l'époque j'aurais pu gagner facilement *N'oubliez pas les paroles !*

Dans sa chaise haute, ses mains sales et pleines de purée, Thomas n'a pas conscience de ses retards, ni de ses refus. Il vit paisiblement, béat qu'il est. Les bruits deviennent son principal mode de communication. À trente mois, Thomas prononce à peine quelques mots, quand il est capable de reproduire vingt-cinq cris d'animaux. Dans la campagne de Caen, le garçon a d'ores et déjà retenu tous les sons des alentours qu'il a comme absorbés, enregistrés pour de bon dans sa boîte cérébrale. Pour ça, Thomas parvient à outrepasser son hyperacousie, qui s'emballe toujours au ronflement d'un bourdon, au zigzag vrombissant d'une mouche qui le fait crier, immobile, dans le salon, comme victime de torture.

François me le dit si souvent : le moindre grésillement d'insecte au creux de l'oreille est pour son fils la plus forte des agressions. Mais Thomas aime les animaux. Tous les animaux du monde, dit-il.

Alors, dans sa campagne, il passe des heures à contempler le ciel en écoutant au loin le chant du coq, les hennissements des chevaux, les vocalises des chèvres, les pépiements des oiseaux. Son oreille musicale se développe. Sa passion pour la faune et la flore aussi. Thomas part visiter avec sa famille tous les zoos de France. Il collectionne chaque CD animalier, chaque album illustré et désormais, malgré ses retards, Thomas est capable de citer des noms d'animaux complexes : le brontosaure, le yack, le lion de mer, le tigre à dents de sabre.

En maternelle, Thomas suit comme il peut un parcours scolaire tandis que ses parents tous les mois se rendent chez le cardiologue pour surveiller l'évolution de la sténose. Par chance, celle-ci est faible et Thomas n'a pas besoin d'opération. Son père toutefois n'a pas oublié sa promesse. Alors quand son fils est aux bras de sa mère, le père lit les moindres notices sur le syndrome, confronté au même problème qu'Anne-Laure. Peu de sources traitent du sujet. S'il étudie attentivement chaque site internet, François met plus d'une année à poster son premier message. Il le fait sur la seule interface française accessible : un blog dédié à une jeune fille prénommée Meghann.

Dans le livre d'or, les messages vont bon train. Beaucoup de mots de soutien : « on est avec vous », « bon courage ! », « on applaudit votre force ». Parmi ces messages, quelques-uns viennent dire : « nous aussi nous avons un petit Williams… », « nous aussi, on connaît ce combat ». Celui de François est différent. Il demande des contacts de médecins qui pourraient l'aider à concrétiser sa promesse. Le message d'Anne-Laure arrive dans les jours qui suivent. La même envie l'anime : alerter sur le vide scientifique. Un hasard incroyable. Marius a trois mois, Thomas deux ans. Je tique alors, et reviens en arrière.

François a mis plus d'un an à écrire son message, à faire exister Thomas dans son combat. Il m'avoue :

— Laisser le temps aux choses, c'est primordial. Quand un enfant est différent, une famille peut mettre des semaines, des mois ou des années à en parler. Parfois les familles n'en parleront jamais. Elles écouteront les paroles malavisées de spécialistes, ou leurs petites voix intérieures, apeurées. On ne peut jamais juger les routes empruntées.

Le dossier handicap de Thomas, nécessaire pour sa prise en charge médicale, n'est achevé que lorsque l'enfant atteint son deuxième anniversaire. Ces années disent un cheminement. Celui de la différence qu'on finit par faire entrer dans son foyer. Celui d'une nouvelle réalité à faire exister, sans pouvoir s'en détourner. Former ce dossier, pour François, c'est un cap à passer. C'est devoir accepter l'image sociale du handicap. L'image de celui qui demande de l'aide. L'image de celui qui fait maintenant partie du clan d'en face.

Derrière tout handicap, il y a la peur et l'impuissance, la honte chevillée au corps des familles mais heureusement cette honte se fissure de plus en plus. En vingt ans, les chiffres recensant les naissances des personnes porteuses du syndrome de Williams ont doublé. Dans les années 2000, un enfant sur vingt mille était identifié comme porteur. Aujourd'hui, on parle d'une naissance sur sept mille cinq cents. Sur cette seule période, on peut estimer que deux personnes sur trois n'ont pas bénéficié d'un diagnostic – ou d'un « bon » diagnostic.

Pendant longtemps, on ne disait pas. On ne diagnostiquait pas. On faisait comme le disait la généticienne. On n'en parlait pas à l'entourage. On ne parlait pas de *ça*. On faisait route seuls. Aujourd'hui, les chiffres changent car la recherche avance – les tests génétiques sont moins chers, plus simples à réaliser – et parce que des films et des livres parlent aussi du handicap. Ce n'est plus exactement une peur, ni une honte ; plus tout à fait.

— Mais il reste du travail, me dit François. Il reste à dire beaucoup d'histoires.

François pense souvent à cette jeune fille prénommée Meghann. Sans sa famille, sans ce livre d'or numérique, son histoire n'aurait jamais existé. Il n'y aurait pas eu d'association pour Thomas, ni tous ces progrès médicaux. Meghann n'a jamais fait partie de l'association. Il n'y a jamais eu d'autre contact que celui d'Anne-Laure et François sur ce livre en ligne. Depuis des mois, François songe à retrouver cette fille par qui tout a commencé. Quel âge a-t-elle aujourd'hui ? Que fait-elle de sa vie ? Est-ce qu'elle aime tous les animaux du monde, elle aussi ?

Puisque le blog n'existe plus, François voudrait mener une enquête, fureter parmi les archives nationales du Web, mettre la main sur une sauvegarde, une trace qui relierait leur combat, leur association – qui a permis, en dix-huit années d'existence, d'offrir un demi-million d'euros à la recherche – à cette jeune Meghann qui en fut le point de départ.

À l'époque, François sait qu'il faut commencer par le commencement. Mobiliser des forces pour collecter de l'argent. Trouver des chercheurs et choisir les projets. Le cycle de vie de la recherche, que François connaît par son métier, devient le cycle de sa vie : récolter des dons, fixer des montants, lancer les appels à projets. Mais le temps de la recherche est un temps dilué, ralenti, comme à bord d'une navette spatiale. En moyenne, les accords peuvent mettre des années à se faire. La toute première étude portée par l'association a donné lieu à une publication parue en 2019. Il aura fallu quinze ans de travail.

Puisque la cardiopathie est de tous les symptômes le plus dangereux pour le pronostic vital, le premier projet se bâtit autour du minoxidil, une molécule qui entre dans la composition de médicaments contre la chute des cheveux. Selon le postulat de l'étude, le rétrécissement de l'aorte chez les personnes atteintes pourrait être corrigé par ce médicament qui permettrait la stimulation de l'élasticité des tissus. Alors une équipe de chercheurs s'organise à Lyon. Très vite, elle se heurte à un problème humain.

— On ne confie pas si facilement son enfant à un projet de recherche !

Dans les faits, peu de participants répondent présent, à peine une quinzaine. Dans les familles, l'étude fait débat et François se souvient des discussions qui animaient les soirées, celles qu'on retrouve aujourd'hui autour des vaccins. Ici, c'est une question philosophique, celle de François le premier. Il aime son fils comme il est. Si un médicament existait, un médicament qui viendrait guérir sa maladie, qui viendrait changer Thomas, est-ce que François l'accepterait ?

Avec ce premier projet, François comprend le rôle qu'il doit tenir. Il refuse d'être là pour offrir des enfants à la recherche. Il veut agir en intermédiaire entre les familles et les équipes médicales. L'étude est publiée des années plus tard mais, c'est attendu, l'échantillon n'est pas assez représentatif. Le résultat est entaché d'une incertitude statistique élevée, et François sait, avec Thomas qui grandit sous ses yeux, que toute sa vie désormais sera une histoire de temps.

Après six mois de tête-à-tête avec François, je repense alors à ma question. Au-delà de toutes les définitions scientifiques, comment raconter Thomas et la maladie ? En toute vérité ? Sans réduire, ni caricaturer ? Comment, dans cette réalité hors réalité, décrire Thomas pour ce qu'il est ?

François n'est pas un homme loquace. Je l'ai appris comme on apprend progressivement les traits de caractère d'un ami. Il faut du temps pour raconter le fils, l'enfance, les âges qui passent. Parfois il y a des choses qui remontent à la surface, parfois il faut accepter de les laisser enfouies quelque part. À mes questions, souvent, François ne sait plus répondre, il hésite, il ne voudrait pas dire de bêtise. Pour mieux se rappeler, le chercheur note dans un calepin toutes mes remarques. Il dit qu'on en reparlera, et c'est comme ça, entre les silences et les questions qu'on ne résoudra pas, qu'est arrivé Thomas.

Ce jour-là, avant Noël, François me dit :

— Ce qui fait que Thomas est Thomas, je crois, c'est sa passion unique des gens.

De sa voix toujours prudente, cherchant chaque mot avec méticulosité, François me dit ça de son fils. Il a un appétit de l'autre vorace. Comme une faim insatiable. Pour le père, c'est la première définition de Thomas et de la maladie. Dès l'âge de deux ans, Thomas a une envie inouïe de se lier aux autres. Ça dépasse l'entendement. Un parent, un frère, une sœur, un ami. Le moindre passant au loin. Le chauffeur de bus, la caissière derrière son enregistreuse, tous les animaux du monde. Son amour est entier, total, il déteint sur ses mains curieuses, ses yeux volontaires, ses gestes pleins d'allant et c'est peut-être simpliste, mais voilà la définition bienheureuse de Thomas.

À ce sujet, François a un souvenir lointain qu'il voudrait me raconter. Il est en déplacement professionnel, dans un hôtel de bord d'autoroute. Au moment du petit-déjeuner, François entend derrière lui un jeune homme chaleureux. Sans le voir, François l'écoute. Ses mouvements énergiques, sa voix rauque, caverneuse, son débit empressé. Face à son café fumant, François pense à son fils, à tous ces enfants chaleureux comme lui, trop chaleureux pour nos vies cantonnées. François se retourne, sûr de lui. Il découvre devant lui un garçon porteur du syndrome de Williams. Un garçon aux traits similaires à ceux de Thomas comme s'il était son frère caché, le membre d'une famille ou d'un groupe secret.

François n'est pas quelqu'un de physionomiste, mais ce jour-là son intuition s'est muée en une certitude. Né d'un père noir brésilien et d'une mère blanche française, il a vécu le racisme toute sa vie, au point qu'il a appris dès le plus jeune âge à ne pas considérer l'autre selon son apparence. À présent, François est incapable de décrire physiquement les individus qu'il croise dans la rue. Il ne retient aucun détail. Même une carnation ou une couleur de peau, François ne saurait les dire, comme il ne distingue pas celles de sa mère blanche et de son père noir. Pour son fils, c'est la même chose. Il est unique. Il est Thomas. Parfois François demande aux autres s'ils voient la différence chez son fils. Par politesse ou gentillesse, les gens répondent que non, et François n'insiste pas.

Car il sait que son fils est exactement celui qu'il voit.

Après le cœur

Difficile d'aborder le sujet, Anne-Laure n'est pas du genre à s'apitoyer. Elle préfère volontiers les récits épiques, les histoires dynamiques. Raconter l'opération à cœur ouvert d'un enfant, c'est réservé aux autres, aux émissions de télévision indécentes, pas à celles et ceux comme elle dont la vie est un pont voué à ne jamais céder. Mais pour le livre, Anne-Laure y revient et soudainement, tout change. Son corps devient un autre corps. Sa voix se casse et s'aggrave. Ses yeux s'assombrissent comme ces ampoules qui brunissent quelques secondes avant de finir grillées. Anne-Laure s'affaire devant moi, ses mains remuent pour ne pas y revenir, et, ce midi-là, je lui demande enfin : on y va? comme si on partait tous les deux vers un endroit détestable. Anne-Laure répond :

— D'accord, on y va.

Marius a deux ans et d'abord c'est important : Anne-Laure décroche enfin son *Fort Boyard*. Son jeu. Sa déclaration au monde. De toutes ses actions, je crois que celle-là compte le plus. Tous les mois, Anne-Laure me répète, de sa voix poudrée :

— Et je t'ai raconté *Fort Boyard* ? Je t'en ai parlé ? Tu sais que je l'ai obtenu, ce fichu *Fort Boyard* ?

Quand la chaîne donne son feu vert, Anne-Laure doit composer une équipe de personnalités pour participer à l'émission. Sans ça, pas de tournage. Comme elle peut, la jeune mère fouille dans son carnet d'adresses. Elle cherche, et elle aime ça, ça lui permet d'oublier un temps l'opération cardiaque. Elle qui a fait ses premiers stages à vingt ans chez M6 et TV5 Monde demande l'aide de Judith Elmaleh, sœur de Gad, pour obtenir la participation du troisième membre de la fratrie, Arié. Puis Anne-Laure entraîne le basketteur Boris Diaw et toute l'équipe de la sitcom *Caméra Café* dans ses filets. La *team* au complet, le jeu peut se faire. Anne-Laure déroge une fois de plus au règlement et les accompagne comme coach, depuis le Zodiac qui les emmène au fort jusqu'au lâcher final des pièces.

Avec dix mille euros ramassés à la main dans la salle du trésor, le projecteur est porté sur la maladie. C'est ce que la mère voulait. Mais tout à trac des dizaines de familles demandent à intégrer l'association. Pour Anne-Laure et François, c'est un petit chaos. Une centaine de parents veulent prêter main-forte, et que leur dire ? Non merci, c'est une association dédiée à la science, on ne veut pas de vos vies ? Les deux présidents acceptent l'intégration, et la structure d'un seul coup devient tout autant une réunion de familles qu'un outil dédié à la recherche.

Fort Boyard terminé, Anne-Laure tombe enceinte de Siméon. Quand elle apprend la nouvelle, elle repense à la phrase du généticien qui l'avait encouragée à faire rapidement un frère ou une sœur à Marius :

— Il s'agit d'un syndrome accidentel, vous ne risquez rien, vous ne devez surtout pas organiser votre vie autour du handicap.

Des phrases comme des piliers.

Parfois comme des pierres.

— Ce n'est pas possible que tu aies un enfant handicapé, tu es si rieuse, si souriante, tu ne peux pas avoir une vie difficile !

Des phrases d'amis ou de collègues qui croient bien faire, comme des pierres qu'Anne-Laure emmagasine dans le sac de son ventre.

Dans l'attente de l'opération, Marius grandit, sa grand-mère maternelle devient sa complice. Éducatrice, elle prend le relais pour les séances de psychomotricité, d'ergothérapie, de kiné, d'orthophonie et les incessants contrôles du cœur pour préparer la future opération. Une épée de Damoclès pour Anne-Laure, qui chaque mois redoute la sentence et, au bureau ou à la maison, ne vit plus qu'en sursis. Il faut attendre, surveiller, examiner, choisir le moment que le chef cardiologue juge bon. Vivre sa vie en pointillés.

Au début de juillet, alors que la famille prévoit de partir au Maroc avec les amis, la nouvelle tombe. Vous faites quoi, cet été ? Anne-Laure est sur la piste d'atterrissage. Elle visualise déjà les jardins de Marrakech, mais le cardiologue annonce qu'il faut opérer, ça y est.

— À la rentrée. Pour la sténose, c'est le meilleur moment, répète-t-on.

Anne-Laure passe ses vacances comme on attend un procès et, un mois plus tard, se retrouve au service de chirurgie thoracique et cardiovasculaire, parmi des enfants malades alités les uns près des autres. Marius est admis un dimanche dans une petite chambre pour deux. Deux petits lits à barreaux, quatre murs rouges, deux tables de chevet couleur beurre frais et une télé minuscule au mur. Anne-Laure doit déposer les affaires de son fils dans une boîte en plexiglas, près de celle d'un autre enfant. Celui-ci sera opéré lundi, Marius passera au bloc mardi.

Le soir même, Marius fait ses premiers pas dans les couloirs de l'hôpital. Anne-Laure n'y croit pas. Elle regarde son fils se mettre debout, devenir grand, comme une allégorie heureuse de ce qui les attend. Dans la chambre, Anne-Laure tombe nez à nez avec la mère de l'autre enfant, Myriam, cette femme avec qui elle avait sympathisé et partagé les crises de larmes dans la salle d'allaitement de la maternité, deux ans plus tôt. Malgré les circonstances, les deux femmes sont heureuses de se retrouver. Il faut boire un coup, il nous faut de la bière, annonce Myriam. Interdit ici, tu ne penses pas ? Et puis Anne-Laure déteste la bière – les mojitos ça marche en contrebande, tu crois ?

Anne-Laure savoure cet instant, mais elle sait qu'elle ne retrouvera pas Myriam après les opérations de leurs enfants. Le système est tel qu'on ne retourne pas dans la chambre après l'intervention. Le petit patient est confié aux équipes qui l'emmènent au bloc à l'aube avant d'être transféré au service des soins intensifs. Myriam, à qui on vient de retirer des bras son bébé, vit un déchirement. Douze heures plus tard, Anne-Laure aussi. Et les deux femmes ne se reverront plus jamais.

Il est six heures du matin, Marius s'en va, silencieux, dans le grand couloir. Marius est un petit point chair sous un drap mince. Anne-Laure, elle, n'est plus un corps. Elle agit mécaniquement, comme un engin. Elle met de l'ordre dans la chambre de son fils, refait un peu son lit, ouvre les rideaux, récupère la petite boîte en plexiglas qui contient ses quelques affaires et rentre chez elle. Les infirmières lui disent qu'on l'appellera, dans sept heures. Sept à huit heures. Sept ou huit heures ? Anne-Laure, pour qui chaque minute compte, pose la question. On lui répond de prévoir un créneau large, afin de ne pas s'angoisser en cas de retard. Oh, vous savez, ça fait déjà deux ans d'angoisse.

L'appel survient dans l'après-midi, Anne-Laure est en pleine visite d'appartement. Elle n'a aucune intention d'acheter, mais il lui faut se changer les idées. Elle ne veut pas d'un film au cinéma, d'un café en terrasse, du coup de fil d'un ami qui chercherait à lui remonter le moral. Elle veut voir des salons, des cuisines, des escaliers, des chambres d'enfants remplies de vie et de jouets, et faut-il l'expliquer ? Sur un parquet ciré, son téléphone vibre. Anne-Laure est au bout de la rue des Dames. Elle contemple avec distraction les anciens entrepôts de Chanel. Mais seule compte désormais la voix miraculeuse qui jaillit du téléphone. Anne-Laure est trop faible pour poser la question. Les mots coulent dans son oreille : Marius est en salle de réveil, Marius est réveillé. Anne-Laure prévient qu'elle arrive tout de suite – mais on lui répond que la visite ne pourra se faire que le lendemain. Encore des heures et des heures d'attente. À ce rythme-là, Anne-Laure aurait visité tous les appartements du 17e arrondissement.

Anne-Laure passe la soirée comme elle a passé sa journée, le plus vite possible, à toute allure, avec le plus d'amis autour d'elle. Elle rit fort. Elle parle vite. Elle dit : Marius, Marius, Marius, comme une incantation. On trinque à lui, on trinque à elle. Des pieds à la tête, Anne-Laure embrasse son deuxième bébé, elle étreint ses amis. Elle les serre. Elle serre sans réaliser sa force.

Le lendemain, Anne-Laure est en blouse à Necker. Mains, jambes, visage stérilisés, il n'y a plus de fête ni d'accolade. Accroché à son doudou, Marius pleure, et c'est l'une des premières fois. Le petit est en plein épisode de fièvre. Son corps chauffe à un point tel qu'on le place d'urgence dans un bac de glace. Sauf que rien ne fait effet. Ni la glace, ni la morphine qu'on administre autant qu'on le peut à un enfant de vingt-deux mois. Face à ses hurlements, Anne-Laure supplie qu'on augmente les doses de morphine, qu'on choisisse autre chose, qu'on apaise son fils comme il faut et quand elle a le courage de m'en parler, dix-huit ans plus tard, ses cordes se brisent, son visage brûle de larmes, sa voix retrouve le ton de la supplication.

Impossible, répond-on, on a tout fait, on a tout essayé. Quarante-huit heures se passent et le bébé est toujours dans son bac de glace. Il hurle à s'en créer des spasmes. Anne-Laure a gardé toutes les images, tous les sons, elle ne veut pas en parler, enfin pas plus que ça, pour quoi faire, et elle finit par me dire :

— Marius était accolé à deux autres lits pour que l'équipe surveille les petits réunis, et les deux autres familles suppliaient les infirmières qu'on vienne en aide à Marius.

La fièvre redescend. Au bout de deux jours. Les hurlements quittent le corps de l'enfant.

Anne-Laure est exténuée, à bout de souffle, comme si chaque cri était provenu de sa cage thoracique. Marius réagit bien aux soins post-opératoires, et l'opération est dite un succès. Une des aortes du cœur a été coupée, puis élargie pour que le sang puisse circuler. Le cardiologue informe que tout s'est bien passé, il dit, plutôt, avec cet air habituellement détaché, presque insensible des chirurgiens :

— C'était qu'une histoire de tuyauterie, j'ai rafistolé.

Mais pour le reste, dit-il en jetant un œil au petit, « je ne sais pas », « ce ne sera pas en mon pouvoir ».

Marius présente une autre sténose au niveau des bronches, encore une autre au niveau des poumons. Elles sont inopérables, resteront à vie, mais, à la différence de celle qui rétrécissait l'aorte, elles ne représentent pas de risque vital. D'un pas saccadé, le chirurgien s'en va et Anne-Laure refuse de faire cas de cette dernière réplique qui voudrait s'emparer d'elle comme une ombre. Dans la salle réservée aux familles, elle veut apprécier la victoire comme le silence tout autour de Marius qui dort, corps épuisé. Anne-Laure regarde l'homme dégarni s'en aller puis fixe la baie vitrée de la salle. Par la fenêtre, il fait beau. Il le fera toujours, c'est ce qu'elle a promis. Anne-Laure regarde le ciel bleu comme les yeux de son enfant qui s'ouvrent peu à peu devant elle comme deux mondes subitement découverts, elle se tourne vers lui et murmure : la maison nous attend, mon chéri.

Les bigoudis

Chère Carine D.,

Nous ne nous connaissons pas, mais j'ai tant entendu parler de vous. Anne-Laure et Anne-Isabelle m'ont confié ce que vous traversez depuis des mois et je me disais que ce n'était sûrement pas la bonne période pour vous écrire, mais je l'ai quand même fait. Une intuition, je ne sais pas. Je sais aussi que se raconter dans une période fragile est un moyen de dompter les malheurs, de les réduire à une zone toute petite. Anne-Laure craignait que cela soit difficile pour votre santé mais Anne-Isabelle m'a dit qu'au contraire, vous seriez heureuse de raconter la vie de votre fille. Parce que je crois que vous aimez les livres, les mots et les histoires. J'ai cru comprendre que c'est aussi le cas de Maléna. Du reste, je ne veux pas abuser de votre temps. Mais si vous êtes volontaire, sachez que le mien est à vous. Je peux venir à Nîmes ou vous téléphoner. Les visioconférences, c'est aussi très pratique parce que ça me permet d'enregistrer sans vous assiéger. Je vous laisse mon numéro, si jamais. Mon nom, j'oubliais :

Julien. Et sachez que j'ai sincèrement hâte de vous rencontrer.

Dieu sait que très vite je vais enregistrer la voix de Carine. Ses intonations à elle, espagnoles mais pas seulement. Quelque chose de rare dans la voix. Comme les trilles d'un oisillon, ou un air au loin d'opéra. Je vais l'écouter beaucoup, la voix de Carine. Elle aura une allure, un impact. Parfois je réécouterai les conversations par plaisir, simplement pour entendre Carine. Elle posera les questions à ma place. Elle me fera rire et m'inquiètera. Elle me fera chialer deux fois, et cogiter pendant des mois.

Avec Carine, tout est philosophique. Sa vie et sa fille comme des matières à penser. Une façon de résister, d'endurer. Et le verbe est le bon. Car le sujet de la douleur nous fera nous revoir, nous parler, Carine et moi, tout l'été jusqu'à l'automne, c'est d'ailleurs comme ça qu'elle terminera son premier message, reçu deux heures plus tard tandis que je relis l'objet crétin de mon e-mail : *Prise de contact.* Niveau imagination, je montre déjà que je suis capable. Mais le principal, c'est que Carine me répond, et j'entends déjà sa voix :

Julien,

Que je suis contente que vous m'ayez contactée ! Je vais bien entendu tout vous raconter et répondre à toutes vos questions, et même sûrement vous inonder d'informations, tellement je suis sûre que vous en ferez un livre merveilleux !

Je ne me suis pas seulement procuré Jolis jolis monstres, *je l'ai aussi lu et j'ai beaucoup aimé, vivement qu'on puisse en parler !*

Je suis bien d'accord avec vous : se raconter pendant les périodes difficiles dompte la douleur.

Deux heures et j'ai la promesse de Carine à mes côtés. C'est inespéré. Certaines familles mettent des semaines avant de répondre à mes attrayantes *prises de contact*. D'autres n'enverront jamais la moindre réponse. J'étais préparé à ça, et Anne-Laure m'en avait beaucoup parlé. Je me mets à la place de ceux et celles qui racontent. On peut imaginer bien des choses au sujet d'un écrivain qui du jour au lendemain s'invite dans votre boîte aux lettres et vous demande de déballer votre vie et celle de votre enfant malade. On imagine un tire-larmes, un livre fou ou obligeant, indécent, une initiative à côté de la plaque, échappée des Petites-Maisons – et je comprends tout ce qu'on imagine.

Je comprends l'engouement autant que la méfiance. Les sourires crispés, les mémoires tout à coup arrêtées, les envies de s'indigner de structures inaptes ou de spécialistes qui à jamais gravent des verdicts dans les chairs. Je comprends parce que c'est cela, le livre que je veux écrire. La confidence sur le tard. Les pleurs dix-huit ans après *Fort Boyard*. L'instinct de protection à l'égard de l'enfant, d'un proche qui n'a pas su immédiatement aimer, d'un conjoint absent, un père le plus souvent.

Cette envie de parler de la maladie, d'en parler toute la nuit, tous les jours, de tout dire, ou tout à coup virer bref quand la zone est à vif, de préciser d'une voix lucide, comme Anne-Laure le fait souvent en jetant un œil à mon téléphone, telle une preuve accablante de sa sincérité : là, ce que je vais dire, c'est entre nous, ne le dis pas, s'il te plaît.

Je ne sentencie pas. Les méfiances aident les mots. Ce sont les « ne le dis pas », les « n'en parlez pas » qui permettent de contourner, de tracer, de mieux explorer. Mais avec Carine, je ne connaîtrai jamais la méfiance. Un matin alors qu'il fait beau, elle m'ouvre la porte de sa vie, avenante et tout sourire. Et pourquoi ? Son héritage du Sud, sa personnalité haute en couleurs, sa légendaire sympathie ?

Quand Carine ouvre la porte, ça se confirme. Cette passion qui émane d'elle comme une odeur de parfum. Une scène de théâtre, avec au centre cette professeure d'espagnol de quarante-huit ans, ses jolis yeux verts, son sourire de drame et son besoin fou de dire sa fille. Elle, en coulisses, que je ne verrai pas les premières fois, s'appelle Maléna. Elle a fêté ses quatre ans au début du mois. La petite avait de quoi être heureuse, elle était en Espagne avec les femmes de son clan.

En réalité, la petite s'appelle Maria Magdalena Helena et pour Carine, ces prénoms évoquent l'Argentine et le tango des années trente de Carlos Gardel.

— Tu sais que là-bas, Carlos Gardel est le plus grand mythe de Buenos Aires. Son nom a même donné lieu à une expression qui signifie qu'on ne croit pas à une histoire : *¡Anda a cantarle a Gardel!*, « Va chanter ça à Gardel ! »

Carine rit dans l'ombre de la pièce. Son histoire à elle ne fait douter aucun chanteur argentin. Car depuis longtemps, Carine ne se fait pas d'illusion. Elle affronte son histoire, sa bible, sans courber l'échine, ses bagues lourdes aux doigts, son phrasé qui résonne dans la chambre aux stores tirés, de celles qui rappellent les maisons madrilènes qui à l'unisson roupillent de quatorze à seize heures pour la sieste.

Ce matin chez elle, tout est calme. Maléna est à la crèche et Carine est heureuse que sa fille le soit. Depuis le début, la professeure a agi comme Anne-Laure : elle a misé sur l'école et l'accueil en collectivité. Carine tenait à placer sa fille, à droite, à gauche, peu importe. Pour favoriser son intégration, sa socialisation.

— Et avoir un peu de répit, m'avoue facilement Carine.

Avec Maléna sur les bras, il faut comprendre. C'est un travail non-stop. C'est du 8 h-21 h. La petite ne dort jamais, ne fait pas de sieste, contrairement à ses aïeux du Sud. Elle ne joue pas seule dans sa chambre. Elle ne dessine pas en silence au Crayola sur des feuilles blanches. Elle ne s'invente pas des légendes avec ses poupées chevelues en main, derrière une dînette en plastique ou devant un conte de fées. Maléna n'est jamais invitée au square avec les enfants de son âge. Son jeu à elle et tout son square, c'est sa mère.

Maléna ne la réclame pas. Elle n'exige pas sa présence, cela va au-delà. Carine doit être là. Ce n'est pas un caprice. C'est une loi immuable de mère et de fille. Comment expliquer ce rapport fusionnel? Cette présence à deux qui n'en devient qu'une? Cela vient-il du syndrome de Williams, d'habitudes familiales inscrites dans l'inconscient ou peut-être simplement de Maléna, de sa personne? Dès ses premiers jours de vie, la petite ne s'est jamais retrouvée seule. Sa condition de santé l'imposait, elle qui souffrait comme Marius de problèmes cardiaques mais aussi d'une hypercalcémie déclenchée à l'âge de dix mois. À son chevet, Carine était comme à la guerre. En première ligne pour sa fille. Debout, alerte, malgré les nuits blanches et les crises. Carine tenait bon. Mais elle ignorait que cette présence continuelle allait pour toujours devenir son histoire familiale.

A Nîmes, en face des arènes, Carine enseigne en classe prépa. Elle s'occupe d'une hypokhâgne et d'une deuxième année d'école de commerce. À ses élèves, Carine explique la fragilité de l'économie espagnole, augmentée par la crise du Covid et c'est ainsi, cours après cours, qu'elle se met à y penser. Investir à son tour. Acheter un quatre pièces non loin de ses racines, à Benidorm, pour elle et sa fille. Surtout pour sa fille. Maléna a beau n'avoir que quatre ans, Carine se prépare. Elle organise son avenir comme une diseuse de bonne aventure, convaincue que plus Maléna grandira, plus sa fille aura conscience du syndrome et de son corps à part dans l'espace social.

En silence, Carine anticipe ces étés où Maléna sera rejetée des centres aérés, du bord des plages, des virées piscine, des initiations à la voile pour les autres enfants de son âge. Cet appartement sera une façon de mettre la petite blonde à l'abri, de lui montrer déjà que le temps passe, qu'elle et les autres évoluent, que le monde n'est pas celui de la petite enfance.

En ce moment, Maléna n'est pas isolée, au contraire. Elle est la reine de sa vie et les passants viennent à elle comme des serviteurs.

— Mais qu'elle est belle !

— Mais qu'elle est amusante !

— Mais qu'elle est belle et amusante, cette petite reine !

Bien sûr que Maléna entend les flatteries. Elle les met dans son ventre et dans ses yeux. Ses yeux d'océan, comme ils disent tous en soupirant. Maléna en est à cet âge attendrissant du syndrome où les enfants sont à croquer, où leurs yeux quémandent, où leurs sourires radieux décrivent ces années paisibles où les traits de la maladie dorment sereinement. Carine sait que cette période n'a qu'un temps. Tous ces gens qui complimentent sa petite fille pour ses airs joyeux, ses boucles et son regard azur, où seront-ils quand elle aura douze ou quinze ans ? Quand elle ne sera pour eux au loin qu'une adolescente au faciès différent ?

Carine n'est pas une rabat-joie. Elle profite de l'instant présent. Sa fille adulée, son travail, la crèche. Son trio gagnant. Maléna loin d'elle quelques heures par jour, Carine s'accommode de son absence. Il faut dire que leur relation a permis ça. Petite, Maléna a été opérée du cœur puis a continué à faire des centaines d'allers-retours à l'hôpital, au point que toutes deux se sont davantage connues dans une salle blanche que dans une chambre à peluches. Un an de visites et d'au revoir dans une salle au néon. Un an, jusqu'à ce que la pédiatre de famille prévienne :

— À ce rythme, vous allez devenir folle. Il vous faut travailler, il vous faut une solution, il en faut une autre pour votre fille.

Maléna a alors été accueillie deux jours par semaine en crèche et Carine a repris le travail à 80 %. Sept heures de cours hebdomadaires, une seule classe, avec la diminution de salaire qui va avec, et les difficultés. L'année suivante, sa fille est passée à trois jours de crèche et une journée chez une nounou. Et puis cette année, Maléna est entrée en petite section, dans une école privée à cent mètres de la maison. Dans cet établissement tout droit sorti d'une série américaine, Maléna s'est fait accepter tout de suite. Carine a passé des soirs entiers à sélectionner les meilleures structures : non loin du domicile, peu de classes, petits effectifs, avec une cour extérieure restreinte car les grands espaces effraient Maléna.

Depuis la rentrée, la petite passe deux demi-journées chaque semaine à l'école et les trois jours restants, elle continue la crèche, pour l'adaptation progressive aux lieux, dit Carine. À la crèche comme à l'école, Maléna est la star. Tous accourent et la demandent. Tous s'empressent d'aller la voir dès que Maléna apparaît devant la grille vert forêt en pointant les oiseaux du doigt. Quand la petite arrive le matin, elle se jette la première sur ses copains et sur les puéricultrices, qu'elle appelle « taties ». À cinq mètres de là, Carine la regarde. Elle dit à sa fille :

— Je pars alors, ça y est?

Et Maléna répond :

— *¡Adiós*, oui oui, *adiós!*

Depuis cet été, Maléna a appris *¡hola!* et *¡adiós!*, pour faire comme les femmes de son clan.

Jamais Maléna ne verse de larme à l'heure des au revoir. Elle regarde incrédule les autres qui ruissellent comme des gouttières mais ça ne l'entraîne pas, car Maléna trouve immédiatement d'autres repères. Des copains, des taties. De l'amour qu'elle considère comme une matière autour d'elle, comme l'air qu'elle respire ou le goudron qu'elle foule. À ce sujet, la pédiatre a une explication.

— Vous avez prouvé constamment à votre fille que vous étiez là, de jour comme de nuit, dans les plus grandes souffrances, dans les plus grandes angoisses. Cela lui a fourni une assise psychique telle pour aller vers le monde que plus rien ne la freine, parce que vous, Carine, êtes la première personne en qui Maléna devait avoir le plus confiance, et ce pacte a été rempli. Dans l'histoire, c'est vous l'héroïne.

Héroïne, non merci. Carine refuse le costume, ça pourrait même la braquer. Mais ce pacte avec sa fille, Carine le connaît. Il vient de son corps. Un endroit plus fort qu'elle. Pour guérir. Grandir. Dompter la douleur.

— Plus ma fille sera comprise dans sa douleur, mieux elle ira.

Pour dire la maladie, il faut dire la douleur. En ce sens, une pensée du père de Maléna ne l'a jamais quittée. Celui-ci avait un jour dit que les enfants les plus marqués par le syndrome, notamment ceux qui développent des traits autistiques, sont des enfants perdus dans la folie de la souffrance. Des enfants dont on n'aurait pas diagnostiqué à temps les troubles et chez qui on n'aurait pas reconnu ce qui est caché au cœur : la douleur.

Il faut comprendre une chose au sujet de la maladie : elle est un nid broussailleux dans lequel la douleur empêche tout. Quand on vit avec la douleur, on ne peut vivre pour soi. On ne peut vivre pleinement. Car la douleur paralyse notre capacité de penser, de ressentir, et même d'aimer. La douleur est telle qu'elle enferme ceux qui la vivent, à un moment précieux de l'existence, où ces enfants âgés de quelques semaines sont conscients, sensibles, mais où rien d'autre que le regard ne les relie aux autres. Pas de langage, pas de possibilité motrice. Ces enfants perclus de souffrances se retirent d'eux-mêmes et s'enfouissent. Cet enfouissement en soi, Carine l'a vu chaque jour sur le visage de sa fille.

Carine a tout vu de la douleur. Les souffles au cœur. Les nuits de pleurs. Les œdèmes sous les paupières. Les opérations comme les soins. Car Carine s'en rend compte tout de suite : soigner est aussi une affaire de douleur. Les piqûres, les poses de cathéters, les intraveineuses, les injections. Passer de douleurs à d'autres pour éradiquer les premières.

Vingt-quatre heures sur vingt-quatre, Carine a porté son bébé comme elle porte la souffrance. Elle les portait toutes deux, nuit et jour, sans jamais faire de pause ni récupérer. À cette époque, Carine était une guerrière. Elle ne réfléchissait pas.

Elle sacrifiait son corps kamikaze. Mais après l'opération à cœur ouvert, Maléna a su reprendre des forces. Elle paraissait joyeuse, ses membres bougeaient de plus en plus vigoureusement. Sa fille sortie d'affaire sur la banquette du kiné, Carine la regarde maintenant, en se disant ce que les parents me diront tous par la suite : cette capacité surnaturelle qu'ont les enfants à retourner à la vie après la douleur.

Carine dit autre chose dans le bureau du kinésithérapeute : Maléna est sauvée.

Elle pense même :

— Ma fille est enfin née.

Mais une autre phase du syndrome s'installe dans la vie de l'enfant. Un hypermot, encore une fois. L'hypercalcémie. Une trop grande quantité de calcium dans le sang qui provoque de graves vomissements. C'est une condition extrêmement rare chez les enfants et qui affecte 10 à 20 % des adultes atteints de cancer. Pourtant il s'agit d'un symptôme récurrent du syndrome. Un suivi minutieux est primordial, car les taux de calcium peuvent dépasser un stade létal.

Le soir, après le repas, Maléna se met à vomir et vomir. Tout son corps est pétrifié par le reflux, ses jambes crampent, ses mains se raidissent, son ventre durcit, ça forme des retentissements en écho sur chaque organe de la petite, qui finit par s'évanouir. Longtemps Carine met ça sur le compte de son appétit difficile. La mère change les recettes, et croise les doigts. Onze laits, et autant d'espoirs. Noisette, amande, céréales, châtaigne, riz, la petite ne garde rien dans l'estomac. Et c'est là que Carine en prend conscience. Avoir mal quand on est bébé, c'est avoir mal partout.

— Après les vomissements, il y a une dernière phase de l'hypercalcémie : l'hyperexcitabilité.

Carine ne sait pas franchement laquelle est la pire. Durant cette phase, Maléna se met à crier dans tous les sens et à toute heure, aucun moyen de la calmer. La petite fille court et saute, grimpe aux parois, attrape le moindre objet sur son passage et chantonne comme une Callas jusqu'à une heure du matin. Les crises ont lieu l'été, déclenchées par la chaleur. Plus le corps de l'enfant manque d'eau, plus le taux de calcium explose, et plus l'hyperexcitabilité s'intensifie. Carine est sur le qui-vive dès la période de Pâques. Elle observe sa fille, vigilante, sans pouvoir éviter toutes les crises. Comme en juin dernier, lors de la petite canicule où Maléna a vomi une heure durant sans pouvoir s'endormir.

Dans la chambre où dort sa grand-mère et où le chien roupille sur la courtepointe, Maléna va et vient. Elle me lance des sourires qui sont comme des clins d'œil. Ses cheveux frisés ressemblent à un grand bouquet, ou au reflet de la mer après les ricochets.

Maléna disparaît de la chambre, revient dans le salon, repart un temps avant de s'envelopper, triomphale, dans les jambes de sa mère. Pour sûr, tout le monde rigole avec elle. Sa grand-mère vient de lui mettre des bigoudis roses sur la tête. Sur sa courtepointe laineuse, le chien lève un museau peu concerné, il regarde les femmes de la famille rire entre elles. Maléna danse, Maléna chante. C'est leur quotidien.

Non loin des bigoudis qui s'agitent dans les quatre coins de la pièce, Carine m'explique que Maléna apprend à présent à manger. Elle apprend avec l'aide d'une orthophoniste. Sa dysoralité est présente plus que jamais. Au début, il s'agissait de faire prendre conscience à Maléna de sa cavité buccale, de l'aider pour la mise au sein ou le biberon, pour la succion. Maintenant, c'est l'accompagner pour le passage à la cuillère, aux morceaux, pour le lavage des dents ou les séances chez le dentiste, car les enfants porteurs du syndrome connaissent souvent une hypersensibilité et une hypotonie maxillo-faciales. Un manque de tonus musculaire dans la bouche, une salivation, une langue pendante. Ces enfants ont beaucoup plus de difficulté à mâcher. Beaucoup se font vomir, ne supportant pas la présence de textures solides dans la bouche. Pour eux, un morceau de viande ou de légume est simplement dégoûtant.

Avec ça, les repas de Maléna durent plus d'une heure. Carine les redoute comme on redoute une fois dans l'année la fameuse journée noire sur les autoroutes. La petite rechigne, tourne la tête, a pour habitude de se remplir la bouche et de ne rien avaler. Manger, simplement emmagasiner, avant de recracher, car elle aime seulement jouir du goût, comme celui du ketchup. Carine est contrainte de gaver sa petite, bouchée après bouchée, pour l'alimenter, et à l'instar de beaucoup de parents, Carine n'a peur que d'une chose : que Maléna se bloque, s'étouffe et fasse une fausse route.

L'orthophoniste s'invite parfois chez Carine ou à la crèche pour regarder Maléna manger. Elle assiste aux repas et décode ce que la petite de quatre ans est en train de faire. J'imagine la scène. La fillette face à son assiette devant une adulte qui n'est pas sa mère. À quoi pense-t-elle ? À quoi pense sa maman ?

Grâce aux séances, Carine a compris que le toucher est fondamental pour sa fille. Toucher la nourriture avant de l'ingérer pour la rencontrer, la dompter, l'avoir à soi. Chez tous les petits Williams, on constate l'importance du toucher. Comme si leur lien au monde se faisait avec la main. Ils effleurent, palpent, chatouillent, pétrissent, malaxent, reçoivent le monde par la main. Malgré sa motricité faible, Maléna manipule chaque objet pareil à un trésor, elle touche, passe ses doigts courts sur les textures, les angles, les tissus. Elle pourrait rester des heures face à une brosse à cheveux ou à une télécommande, dans le sable du square, car les grains sont de petits objets précieux qui envahissent sa peau, ses bras doux et ses mains d'aventure.

Carine apprend aussi. Tout autant que Maléna, elle doit retenir les leçons et changer de définitions. Apprendre à ne pas pouvoir nourrir elle-même son enfant. À ne pas développer ce lien qui dit aussi la parentalité. Mais ce qu'elle apprend, surtout, c'est à accepter que Maléna dans son ventre était déjà malade. C'est important pour elle. Renoncer à cette Maléna. Renoncer à cette petite fille inventée durant neuf mois, projetée à l'échelle d'une vie entière, un visage, un corps, une existence en technicolor. Cette Maléna n'a jamais existé. C'est le défi majeur dans la vie de Carine : oublier cette Maléna.

À mesure des apprentissages de Maléna dans la maladie, Carine, elle, apprend une nouvelle leçon. Déconstruire l'idée de mère et l'idée d'enfant. L'orthophoniste de Maléna appelle ça « les choses sociales ». Devant moi, Carine répète comme une bonne élève : oui, déconstruire les choses sociales. Pendant longtemps Carine essayait de ne pas faire de vagues. Aucun esclandre au square, au restaurant et si une scène éclatait, Carine s'excusait, tête basse, et disparaissait. Avec Maléna, il y a du bruit, du refus, des regards, c'est comme ça. Il n'y a pas d'entrée, de plat et de dessert. Il faut l'accepter, comme accepter aussi que la petite mange mal, en mette partout, que la cuisine ressemble tous les jours à une scène militaire, que les dalles et les murs sont incrustés de purée de carotte ou de morceaux cuits de pomme de terre. Carine en a longtemps désespéré, elle passait son temps à cuisiner, laver, cuisiner, laver, mais les spécialistes lui ont tous dit qu'il fallait faire avec. Faire avec, facile à dire. Carine a compris qu'elle n'avait plus le choix.

Pour qu'elle progresse, il faut laisser Maléna manger comme elle veut, ce qu'elle veut, lui faire explorer avec d'autres sens que le goût la nourriture qui lui fait face. Elle doit la voir, la toucher, la sentir et même l'entendre. Maléna adore ce qui craque. Les biscottes, la croûte du pain, les biscuits – car ces aliments, elle les entend. Elle les appréhende. Elle les fait vivre dans son cercle. Pendant longtemps aussi, Carine raclait la nourriture laissée au bord des lèvres et sur les joues de sa fille. Les femmes de son clan l'ont éduquée comme ça : il faut essuyer à chaque bouchée, sinon regarde-toi, tu ressembles à une créature des bois. Mais Carine ne savait pas à quel point racler était douloureux pour Maléna. Le contact métallique de la cuillère et le frôlement de la serviette sur sa bouche hypersensible lui faisaient mal, la petite se retenait de crier. Maléna a besoin de ressembler à une créature des bois qui s'est empiffrée. C'est comme ça. C'est le syndrome. C'est cette autre vie qu'on doit laisser vivre. Parce que Maléna doit s'en mettre plein les joues. Elle doit sentir l'humidité de la nourriture sur son visage pour mieux délimiter l'endroit de sa lèvre, le pays de sa peau.

Maintenant Carine laisse faire. Elle regarde sa fille manger, petit à petit y arriver. Mais au fond, quand elle pense à ses visites en Espagne ou au prochain mariage d'un ami, elle se dit :

— Comment expliquer ça aux gens ? Comment dire à mes tantes, à ma famille d'une autre génération, que Maléna a le droit d'être comme ça ?

Les choses sociales, Carine y est confrontée tous les jours. Avec Maléna qui ne parle pas comme, ne mange pas comme, ne court pas comme, ne joue pas comme les autres. À l'école, tous les jours, Carine se retrouve au milieu des autres mamans et des sujets repris en boucle : le bio, l'écologie, l'importance de manger sain, de consommer du pain sans sel et sans gluten. Parce que Carine est une habile provocatrice, elle lance :

— Vous savez le pain bio, une fois qu'on a confié son enfant à une équipe médicale pour lui ouvrir le corps, ça n'importe pas tellement.

Les autres mères rient jaune et face au groupe, Carine rit franchement.

Aujourd'hui Maléna voit une équipe d'éducateurs et de psychologues au sein du centre d'action médico-sociale précoce. Elle voit aussi une psychomotricienne et une orthophoniste libérale. Maléna a rendez-vous tous les jeudis avec cette dame au carré gris qui tient toujours à mettre du rouge à lèvres sous son masque médical. Comme les autres, elle est très attachée à Maléna. Elle a dit récemment à Carine :

— Au vu de ses progrès, votre fille est train de déjouer le syndrome, c'est fabuleux, non ?

Cette phrase a plu à la mère. Quand elle m'en parle, un léger sourire perce sur son visage. Mais tout à coup il se fane.

— C'est une très belle formule, mais pour moi c'est comme du sanskrit. Déjouer le syndrome ? Ça ne veut rien dire.

Carine n'est pas du tout à l'aise avec ceux qui osent ce genre de gentillesses. Ceux qui disent que Maléna est épatante de progrès. En espagnol, on dit simplement *llegar a ser* – « arriver à devenir » – et cela correspond à sa fille. C'est en cours, oui. Elle arrive à devenir. Ceux qui considèrent qu'il est important de ne pas réduire Maléna à son syndrome ont tort. Pour Carine, Maléna *est* son syndrome. Il n'existe pas de Maléna sans le syndrome. Encore une fois, c'est comme ça. Chaque minute passée avec elle est une minute passée avec le syndrome. Chaque jour, une confrontation avec la limite intellectuelle, la limite de la capacité, avec les yeux rêveurs et les joues sales, avec la définition de la maladie que Carine a découvert il y a quatre ans, au moment du diagnostic, et qu'elle aura toujours en mémoire : retard mental. Pour Carine, l'acceptation de la maladie a débuté par cette vérité. Sinon, ça aurait été quoi ? Le déni, la honte. Une prison intérieure. À vie.

Depuis six mois, les choses vont bon train. Maléna apprend ses leçons comme Carine apprend les siennes. Maléna travaille sur les puzzles, les associations, les combinaisons d'images et de couleurs. Carine est fière. Maléna construit peu à peu des phrases avec des verbes. Des phrases réfléchies, non répétées, car les enfants porteurs du syndrome, avec leur mémoire exceptionnelle, ont pour habitude de tout retenir. Maléna est en pleine rééducation de la lèvre inférieure, car à cet âge cette lèvre commence à tomber. Avec sa psychomotricienne, Maléna souffle dans une paille et fait avancer des boules de papier. Ou bien elle souffle sans expirer dans un grand verre de soda pour continuer le travail. Ce travail lui permet de muscler sa lèvre et de prononcer les phonèmes en [f].

Maléna gardera toujours la moitié de la lèvre paralysée. Elle est née ainsi, comme Marius et tous les enfants qui leur ressemblent. Elle ne peut rien y faire et pourtant, c'est le miracle du corps, les muscles autour de la bouche, au-dessus du menton, et en bas de la joue prennent le relais. De la même manière, concernant la délétion, la généticienne avait dit à Carine qu'on ne pouvait déterminer combien de gènes avaient été perdus mais qu'il fallait être confiant, parce que les autres gènes alentour comblent certaines pertes. Pour tout, le corps se charge de lui-même.

Avec sa lèvre, Maléna apprend à ne pas dormir la bouche ouverte, à ne pas baver, à éviter la sucette qu'elle appelle « sussu » et qui l'accompagne partout et que les enfants de trois ans enterrent à leur anniversaire en guise de rite de passage. Maléna s'endort encore avec la *sussu*. Carine essaie de la lui enlever l'après-midi ou dès la fin de matinée, pour éviter d'autres dégâts à la lèvre et le maintien de Maléna dans un état de bébé perpétuel. Mais encore une fois l'orthophoniste pense que ce n'est pas grave. Si Maléna a besoin de sa *sussu*, qu'elle la garde. Tant pis pour les rites de passage.

Il est difficile pour Carine de voir sa fille de quatre ans retenue à un stade infantile, de la voir éloignée de la parole, elle qui aime les mots, son métier, parler plus qu'autre chose. Cette année Maléna demande à ce qu'on lui lise des livres, et c'est déjà une victoire. La petite va spontanément au coin lecture quand elle se rend à la crèche. Depuis quelques mois, elle parvient à suivre l'histoire que sa mère ou sa grand-mère Marie-Thé lui raconte. Carine sait que c'est à la portée d'un enfant de deux ans, mais elle répète encore et encore les paroles de l'orthophoniste : il faut quitter les choses sociales. Carine lit à sa fille les contes de fées fondateurs mais aussi les histoires de Tchoupi et de Peppa Pig, qu'elle préfère, car Tchoupi et Peppa Pig comme elle vont au parc et doivent manger des carottes. Elle aime ces deux-là parce qu'ensemble ils mènent la même vie.

La psychomotricienne de Maléna dit la même chose que les autres spécialistes :

— Pour progresser, il faut que Maléna apprenne son corps.

Il faut qu'elle comprenne que son corps est un ensemble tout autant que des parties. Qu'il n'est pas seulement un réceptacle de la douleur. Ce fut le cas les premières années, il faut l'accepter, l'archiver et maintenant vivre. Alors le soir, Carine fait passer des petites boules en plastique sur les bras de sa fille, sur ses jambes, sur son dos, pour lui montrer son corps. La première fois que Carine a vu la psy passer sur les pieds de sa fille des pelotes à picots mauves achetées en supermarché, au rayon animaux, Carine s'est demandé s'il fallait éclater de rire ou pleurer. Maintenant, Carine rit et son rire résonne jusqu'aux oreilles de son petit chien endormi. Elle a ses propres boules à picots à la maison désormais et chaque passage est une sensation différente, une réaction neurologique, un progrès pour sa fille.

Carine me répète cette phrase six mois plus tard, et ça ne tombe pas dans l'oreille d'un sourd.

— Aujourd'hui tout ne va pas toujours bien, mais en tout cas tout va mieux.

À présent, Maléna vit avec ses retards et son hypercalcémie. Elle prend trois fois par jour un sirop antifongique et en cas de crise, elle doit subir pendant vingt-quatre heures une cure en intraveineuse. Quand elle est trop piquée ou quand le sirop ne fait pas effet, Maléna porte un PAC, un cathéter permanent sous la poitrine pour obtenir une hyperhydratation.

Carine aussi doit porter un PAC. Au même endroit que sa fille, du côté gauche. Au-dessus du sein. Une chimiothérapie passera à cet endroit à partir de la semaine prochaine.

Carine me parle facilement de ce cancer qui vient d'arriver dans sa vie. Quand on lui a annoncé qu'elle allait porter ce PAC, la première chose qu'elle s'est dit, c'est que c'était normal, que sa fille était passée par là, que c'était son tour, une façon de payer la douleur de Maléna.

On en revient toujours à la douleur.

Maléna a tellement souffert que Carine s'imagine devoir payer une dette. Comme si elle était responsable. Une dette à régler dans sa chair, c'est ce qu'elle me confie :

— Ma petite fille a tellement souffert que pour être dignement sa mère, je dois souffrir, aussi, peut-être.

Carine refuse de livrer cette pensée à son entourage de peur qu'on la juge timbrée mais elle tient à m'en parler, à croire en cette dette invisible, ce sacrifice qui est sa force, sa façon de soulever chaque obstacle comme elle l'a fait avec Maléna tous les jours dans ses bras. Au fil de ces moments à l'hôpital, Carine a ressenti cette distance qui existe entre le corps du parent qui porte et le corps de l'enfant malade. Carine portait et Maléna souffrait. Elle était là sans jamais pouvoir soulager, sans jamais pouvoir prendre un gramme ou un centimètre de ce qu'on peut mesurer de la douleur. Sa fille enfouie dans son mal, Carine, elle, enfouie dans son corps sain, voilà sa dette. Sa façon désormais de devenir avec sa fille maillons d'une même chaîne, me dit-elle, quatre ans après.

Dans cette histoire de cancer, Carine est confrontée à de nouvelles questions que je pose à demi-mots. Comment vivre dans la résilience, comment supporter le regard de sa fille sur son corps désormais malade ? Carine est forte. Elle n'a pas du tout peur des traitements. Ni du reste. À l'annonce du diagnostic de Maléna, Carine était restée au lit une semaine durant, abrutie de médicaments, avant d'être amenée aux urgences psychiatriques et quand elle s'y était réveillée, elle hurlait. À l'annonce de son cancer du sein, Carine n'a pas cillé. Elle n'a pas bougé d'un nerf. Sans trembler, à ce point familière des médecins et du monde hospitalier, il lui a fallu à peine une après-midi pour encaisser la nouvelle. À comparer celui qui l'attend au voyage de sa fille, Carine est confiante. C'est une maladie mortelle qu'elle combat mais c'est plus facile, les deux combats n'ont rien à voir. Oui, rien à voir, *con diferencia*, comme on dit là-bas.

Aujourd'hui Maléna court. Elle court derrière les oiseaux, jusqu'aux fontaines, vers la balançoire. C'est l'un des premiers mots qu'elle a prononcés, cette balançoire qu'elle réclame une centaine de fois chaque matin quand Carine lui annonce une virée au parc, car à cet âge le versant obsessionnel du syndrome s'installe. La psychomotricienne explique cette passion par le mouvement du balancier. C'est la première fois pour Maléna que son corps ne pèse plus, s'enivre dans un mouvement, fournit du plaisir. Dans l'attente de la balançoire, Maléna joue avec sa mère à Colorino. Elles font des puzzles, mais seulement à moitié, car ils exigent une vision en relief et une psychomotricité que Maléna n'a pas. Alors, la bouche en cœur, elle redemande : «le parc maintenant, maintenant le parc?» Carine se lève et, malgré la fatigue, part chercher son manteau.

Quand nous terminons nos conversations, Maléna a quatre ans et demi et ses cheveux ont foncé, sa blondeur disparaît. Mais elle reste cette petite joueuse intrépide aux yeux de ciel qui me sourit avant de disparaître dans les jambes de sa grand-mère et de revenir à moi, cinq minutes plus tard, les bigoudis de cette dernière sur la tête. Maléna sourit toute la journée, sans simuler. Elle sourit beaucoup, Maléna sourit d'ailleurs bien plus aux hommes et aux garçons, elle qui depuis toute petite se montre charmeuse envers la gent masculine. Près d'elle, Carine est heureuse parce que sa fille grandit. Carine vient de se raser les cheveux. Elle se connecte à son écran et me montre sa boule à zéro.

— C'est pas mal, non? Comme ça j'ai pas à me faire suer avec les cheveux qui tombent et les perruques tristes.

Pour son cancer, Carine vient d'appeler quelques rebouteux, on ne sait jamais, ça pourrait marcher. Carine me dit qu'elle aimerait bien qu'on lui charme le feu. Elle a même acheté du CBD en Espagne en prévision des mercredis, après ses chimios. Carine pense à tout, elle a l'habitude, il faut dire. Mais la seule peur qui l'envahit, c'est que Maléna souffre de sa souffrance, alors elle lui rappelle tout doucement que les petites filles ne doivent jamais souffrir pour leurs mamans.

La tumeur de Carine a été retirée le mois dernier et Maléna voit les bobos sur le corps de sa mère. Elle observe les cicatrices sur sa poitrine et montre les siennes, comme si toutes les deux étaient faites d'une même peau. À sa mère, il reste douze séances de chimio. Une par semaine, jusqu'aux fêtes de fin d'année. Avec sa voix d'opéra, Carine m'en parle, comme des escales d'un voyage. La seule chose qu'elle déteste, c'est de voir les malades réunis dans de grandes salles décorées sans goût. C'était ce qu'elle haïssait le plus il y a trois ans. Voir les enfants après leurs opérations thoraciques. Pour les séances,

Carine en a jusqu'au début de janvier. Deux heures à l'hôpital chaque mercredi, elle dit que c'est la classe. Juste deux heures et *bye!* Rien à voir avec le temps long hospitalier qui rythmait le début de vie de Maléna.

— Quand tu as la possibilité de ne pas faire de l'hôpital ton monde, l'endroit où tu vis, parce que ce ne sera jamais un endroit où l'on peut vivre, où l'on choisit de vivre, c'est une sacrée victoire.

La victoire de Carine : sa fille en bigoudis qui au parc lui demande un tour de balançoire.

Grande sœur

Cela commence par un stylo. Un vieux stylo d'hôtel avec un code postal belge sur le capuchon et des inscriptions commerciales à moitié effacées le long du cylindre. Un stylo sans histoires comme on en accumule dans de vieilles boîtes. Mais ce stylo, Anne-Cé l'a toujours sur elle, dans la poche intérieure de sa veste et dans son sac, sur son bureau à la gendarmerie. Anne-Cé s'en sert pour quelques occasions, comme on le ferait d'un objet rare. Alors quand elle me le tend pour que je lui signe un de mes romans, Anne-Cé me confie :

— C'est le stylo de l'insémination artificielle. J'y tiens comme à la prunelle de mes yeux.

Je signe le livre près d'Anne-Cé et ce vieux stylo vert, je le vois maintenant comme elle. Comme le seuil d'une famille. Dans l'album, la première photographie.

L'insémination artificielle, Anne-Cé m'en parle il y a quelques mois. C'est comme ça qu'elle et sa compagne ont eu leurs enfants, à Liège. Anne-Cé a porté

Lauriane puis, six ans plus tard, c'est Éloïse qui a porté Enzo. Les deux femmes n'avaient pas l'argent nécessaire pour réserver de nouvelles paillettes issues du même donneur. Par chance il en restait trois. Éloïse a d'abord fait une fausse couche. La deuxième paillette n'a rien donné. Avec la troisième, Éloïse est tombée enceinte et Enzo a pu avoir le même père biologique que son aînée.

Aujourd'hui Lauriane et Enzo sont inséparables, mais tout les oppose. L'âge, le genre et le reste. La précocité pour l'une, les retards pour l'autre. Les questions lucides et les raisonnements pour Lauriane qui dès huit ans, à l'issue d'un test de QI dont le résultat est estimé à 145, est décrite «plus vive qu'une jeune femme de dix-sept ans». Enzo, c'est une autre affaire. Comme Maléna, il prononce ses premières phrases et doit apprendre le moindre geste.

Comment raconter Enzo autrement que les autres? Enzo n'est ni Thomas ni Marius, il a un an et demi de plus que Maléna, pourtant les parcours, les tests, les attentes, les doutes et les effondrements semblent être les mêmes. Parce qu'il y a des mots comme des sensations qui reviennent à chaque histoire. Des mots récurrents, inventés pour chaque joie ou chaque accident. Je crois qu'il faudrait en inventer d'autres pour Enzo. Il le mérite. Sa sœur aussi. Alors pour le dire, je préfère raconter sa blondeur de sable, son petit mètre dix, ses lunettes rondes amusantes, ses courses intrépides quand ses mères ont le dos tourné et Lauriane toujours là, derrière lui, d'un regard, à le protéger.

Ce que ce petit gars de six ans préfère dans la vie, ce sont les monstres. La sorcière qui vit avec lui dans sa chambre et qui pousse des grognements, Halloween, sa fête préférée, ou les créatures vues à la télé, dans les dessins animés, les livres, dans sa tête peuplée d'idées. Enzo n'a pas peur, ou alors il aime la traquer. Il adore surtout imaginer. Mais celle qu'Enzo aime plus que tout, c'est sa sœur.

De la différence entre leurs deux enfants, les mères s'aperçoivent sur le tard. Les diagnostics étrangement se produisent au même moment. Pour Lauriane, il y a des signes qui ne trompent pas. Les résultats excellents à l'école, les raisonnements brillants autant que l'isolement. Avant le diagnostic, la petite a six ans et elle broie du noir, c'est difficile à croire quand aujourd'hui elle paraît être l'incarnation même de la joie. À l'époque, c'est une autre paire de manches : Lauriane dit que le monde n'a aucun goût, ses humeurs vacillent, elle passe ses soirées à pleurer dans sa chambre et les crises se répètent, les mots de Lauriane s'aggravent, au point où ses mères craignent qu'elle se fasse du mal.

Parfois Anne-Cé interrompt nos discussions. Certains mots l'arrêtent. Elle a peur de blesser celle qui pourrait lire plus tard, la mère veut être vigilante, dire la vérité, c'est certain, Anne-Cé a l'intégrité chevillée au corps, mais, protectrice de ses enfants, elle avance à pas feutrés. Le petit chat qu'elles viennent d'adopter passe derrière elle toutes les cinq minutes, lui aussi est prudent. Il grimpe sur l'accoudoir du canapé, longe la cimaise et, pareille à l'animal, Anne-Cé jette un œil à droite, à gauche, pour savoir si Lauriane n'est pas dans les parages, à tout entendre.

Enzo est diagnostiqué après sa sœur, et cela part du même isolement. À la crèche, Enzo reste par terre, silencieux, les fesses relevées. On se demande ce qu'il trafique, on le regarde de travers. Car, comme Thomas, Enzo contourne les principaux symptômes de la maladie. Mais lui aussi a des lubies, un regard de conte de fées et puis il ne dort jamais. Enzo est un enfant sans sommeil. À se demander s'il n'est pas surnaturel. Sans le savoir, les deux mamans éreintées s'attellent à vivre avec la maladie. Toutes les nuits, elles dorment, façon de parler, en berçant la poussette dans laquelle Enzo s'installe en position demi-assise. Encore aujourd'hui, le petit garçon se lève toutes les nuits, parfois jusqu'à trente fois. Les deux mamans rivalisent de scénarios. La porte ouverte, la veilleuse, la main tenue une bonne partie de la nuit, le chevet au pied du lit ou dans l'entrebâillement de la porte, le corps étendu sur le sol du couloir. Éloïse s'endort sur le carrelage, Anne-Cé se casse les reins sur le tapis de son fils et cela dure des années, elles font tout pour Enzo, quitte à faire chambre à part, à sacrifier leur intimité pour que leur fils puisse dormir avec l'une d'elles, tour à tour, dans un lit gigogne.

Au sujet de ces nuits qui n'en sont pas, les pédiatres ne sont pas inquiets. Le sommeil, ça va, ça vient, progressivement. Pas d'inquiétude, ça se réglera. Mais Enzo ne dort pas, ni maintenant ni un an plus tard et je me demande : que se passe-t-il dans la tête du petit garçon, toutes ces nuits durant ? Pour tous ces enfants sans sommeil, de quoi est faite la nuit ? Est-ce qu'Enzo pense ou s'ennuie, s'inquiète, regarde le plafond à chercher une fissure, une ombre, est-ce qu'il cherche à dire quelque chose à ses mères qui par amour dorment par terre ?

Avec l'appui de la crèche, Anne-Cé s'interroge sur la condition d'Enzo. C'était il y a deux ans. Déformation professionnelle oblige, Anne-Cé mène ses enquêtes sur Internet. La gendarme cherche le nom à mettre sur ce qu'elles vivent. Un mot quelconque, qui raconterait Enzo. Elle n'a même pas le terme *syndrome* en tête. La mère veut se rassurer sur un point : l'espérance de vie de son fils. Au fil des recherches et des mots tapés sur le clavier comme des bouteilles à la mer, Anne-Cé découvre la maladie de Williams-Beuren. Elle lit la liste des symptômes. Certains excluent son fils. D'autres le désignent. Ses nuits blanches, ses vomissements, ses retards, son hypersensibilité aux bruits. Mais les pédiatres comme ses proches se moquent copieusement. Quelle idée de s'informer sur Internet !

Un an plus tard, le diagnostic tombe. Le centre médical paraît peu favorable aux tests mais cède aux demandes des deux mères qui insistent, sûres et certaines que quelque chose ne va pas chez leur fils et alors c'est un soulagement. Tout ce qu'elles ont vu de lui était là, était vrai.

Pour Lauriane, rien ne change. Non, je me trompe. Tout change insidieusement. Enzo est maintenant différent. Différent des autres, comme elle, finalement. Lauriane a huit ans et elle fait entrer ce mot-là dans sa vie. Elle le met au cœur de tous ses raisonnements fulgurants. La différence, qu'est-ce que ça implique ? Lauriane cogite. Elle pourrait prendre peur, se refermer, faire montre de rejet mais elle préfère cogiter. Elle cherche des synonymes, elle n'en trouve pas réellement. À croire qu'Enzo et elle sont uniques. Ni malades, ni bizarres, ni comme les autres. Tiens, ça, ça lui va drôlement. Alors avec Enzo et son syndrome, c'est un jour nouveau qui apparaît. Lauriane regarde par la fenêtre de sa chambre, tout est différent. Le ciel, le bruit du vent, les tuiles sur le toit ressemblent à des crayons de couleur. Même les livres qu'elle lit – je me trompe, encore ! qu'elle dévore comme des biscuits – sont plus intenses. Rien n'a le même goût. Lauriane respire, et c'est de l'ordre de la frénésie. Un immense aspirateur vient nettoyer son existence. Tout est en désordre et c'est bien mieux maintenant. Son frère est un être remarquable, il n'a pas de tumeur, ce petit mot qu'elle a entendu dans la chambre parentale et qu'elle a enfermé toutes ces années durant sans rien dire dans la cage de son ventre. Mon frère est simplement remarquable, voilà ce qu'elle se dit et, comme Anne-Laure ou François, comme un parent qu'elle n'est pas, Lauriane devient une promesse à elle toute seule. Elle donnera tout ce qu'elle a pour son frère.

Depuis, combien d'années ont passé ? Trois, environ, et maintenant la jeune fille est au collège, avec ses trois ans d'avance, haute comme trois pommes, impressionnante comme trois académiciens et encore. Elle est la grande sœur modèle des chansons. La frangine géniale des contes et des épopées. Ensemble tous les jours, ils jouent, font du piano, des courses-poursuites avec Sweetie qui a le chic pour se carapater sous le meuble de la télé. Enzo tend les bras, Lauriane explique qu'il ne faut pas brusquer l'animal. L'après-midi, la grande sœur crée des dessins, des modèles de soleil et c'est ensuite à Enzo de maîtriser la tenue du stylo et de recopier. Quand la maison est vide, Lauriane en profite. Elle sort les jeux d'Enzo des placards, jamais les siens, toujours ceux de son frère, pour ne pas l'ennuyer, dit-elle, pour entrer dans son monde et ça lui convient, les dessins et les parties de Crocodile, malgré le QI et les réflexions sur le féminisme, elle y prend du plaisir, elle lui fait relancer les dés, elle le fait gagner manche après manche et parfois elle range les plateaux et lui apprend des chorégraphies de danse, avec musique et parfois sans, et Enzo en redemande, il adore bouger.

Cette année, en quatrième, Lauriane bosse plus qu'avant. Pour maintenir son niveau et ne pas se reposer sur ses facilités, elle doit faire des concessions, c'est ce qu'Anne-Cé et Éloïse rappellent au moment du dessert. Lauriane les voit venir quand elle s'en va tirer la languette de son Flamby, mais elle ne concède rien. Malgré les DM de maths, elle joue avec Enzo au minimum quatre fois par semaine, elle me dit : au moins quatre, car c'est sa fonction, son rôle, personne ne peut le lui enlever, surtout pas un exercice d'abscisses-ordonnées.

À ma question toute bête, Lauriane répond que pour elle, Enzo est un petit frère parfait. Il est son rayon de soleil, comme celui des dessins qui racontent leurs années. Un soleil qu'il est impossible de ne pas aimer, regardez comme il est trop mignon ! et j'acquiesce devant la collégienne. Pour Halloween, la fête vénérée par Enzo, Lauriane vient de décorer sa chambre avec Anne-Cé. En quelques heures, toutes les deux ont transformé la pièce en une caverne et pendant qu'elle décorait, Lauriane pensait aux histoires fantasmagoriques qu'elle allait lui raconter. Lauriane n'a pas fait les choses à moitié. Frises de chauves-souris, citrouilles, ballons, toiles d'araignées synthétiques... avant de se déguiser, elle en sorcière, lui en petit squelette, pour aller quémander des bonbons dans la grande rue derrière.

Après les vacances, Lauriane présentera la maladie de son frère au collège. Elle est en train de peaufiner un PowerPoint, sans l'aide de personne. À la rentrée et en quelques *slides*, elle se met à raconter Enzo et son syndrome et tous ses camarades écoutent attentivement, sauf ce crâneur du dernier rang qui la regarde, du mépris plein les yeux. Lauriane le repère illico, elle voudrait fuir tant elle a honte ou lui dire : « Pourquoi tu fais ça ? Je raconte la vie de ceux qui ne sont pas exactement comme nous, c'est quoi, ton problème, à la fin ? »

Lauriane va jusqu'au bout de sa présentation en luttant contre le poids du regard. Sa peur numéro un, dit-elle. Celle d'être moqués, son frère et elle, et de disparaître dans une mare trouble d'yeux. Enzo, lui, ne s'en rend pas encore compte. À chaque personne qui l'inspire, il se présente, jovial, bonjour, moi c'est Enzo, et toi ? et comment ça va ?, et il faut reconnaître que c'est efficace, qui pourrait dire mieux à sa place ? Face au petit, les réponses varient. Quand je demande des précisions, Anne-Cé réfléchit longuement.

— Sur dix interlocuteurs environ ? Un seul, je dirais, se montre avenant. Trois autres acceptent aimablement de répondre avant de passer à autre chose. Quand l'autre moitié l'ignore. Alors je l'appelle vite, je lui dis de venir. Le voir comme ça planté devant l'indifférence, ça me brise le cœur.

Dans sa classe, Lauriane côtoie un camarade atteint du syndrome d'Asperger. Souvent, elle le voit jouer seul au gymnase avec sa balle quand le reste du groupe se lance dans un match et Lauriane est tiraillée entre la tristesse et un sentiment de profond respect. Elle se dit que lui, au fond, n'a besoin de personne pour exister.

L'an dernier, Lauriane, qui n'avait que dix ans, a organisé sa première opération au collège. Elle est allée mobiliser le principal et l'administration. Devant les chefs, elle a proposé plusieurs projets pour permettre une récolte de dons au profit de l'association d'Enzo. Un cross solidaire, une vente de pains au chocolat, une opération bol de riz, finalement retenue par l'établissement. L'idée est simple : pour tous les demi-pensionnaires, payer leur repas à la cantine et ne déjeuner que d'un bol de riz, afin de verser la recette du repas à l'association. Pour communiquer, Lauriane n'a pas eu d'autre choix que de surmonter sa peur numéro un. Elle a pris congé de quelques cours de cinquième et s'est rendue dans toutes les classes de son bahut. Dans les couloirs, ses mains tremblaient. Elle tendait l'oreille contre le crépi des murs et entendait les raffuts lointains et les profs incapables d'autorité. Mais elle ne s'est pas démontée. Elle a frappé aux portes, s'est engouffrée dans le vacarme et, jour après jour, elle est passée de classe en classe, trente-cinq regards à la fois, pour parler de son frère, de sa maladie rare, de cette opération bol de riz qui permettrait si ceux-là étaient partants de faire progresser la recherche médicale.

Tous les gosses se sont prêtés au jeu. Tous ont avalé leur bol de riz en pensant à cette bonne action, peut-être la première de leur vie. Lauriane était la plus heureuse. Voir tous ces gens mobilisés pour son frère, c'était la plus belle émotion de sa vie. Grâce à l'opération, huit cents euros ont été collectés et quelques jours plus tard, un chèque géant en carton a été imprimé par la reprographie. Enzo et les mamans sont venus dans l'établissement le jour de sa remise et, au milieu de la foule, Lauriane s'est sentie triomphante. Non, je me trompe. Elle s'est sentie vivante.

Une histoire a éclaté au collège juste après. Après le jour de la remise, des petits malins se sont amusés à baptiser Enzo « le débile ». Le surnom tel un parasite survolait les conversations, passait de sac à dos en sac à dos, jusqu'à celui de Lauriane qui en entendant ça ce jour-là a eu le corps cisaillé. Elle n'a pas dormi de la nuit. Elle ne voulait plus se retrouver dans ces couloirs face à toutes ces vipères. Mais Lauriane y est retournée et, cette année, elle compte remettre le couvert. Elle a repris contact avec l'administration et tant pis si les autres la prennent pour une forceuse. Elle compte organiser cette vente de pains au chocolat ou monter ce cross solidaire avec plusieurs classes. Elle y réfléchit, elle prend des notes tous les soirs dans ce qu'elle appelle son *Bullet Journal*.

À la maison, Lauriane cherche toujours à faire progresser son frère. Comme en jouant à la maîtresse mais pour de vrai. Lauriane fait apprendre des mots à Enzo pour qu'il développe son langage. Dès qu'ils ont quelques minutes avant le dîner, ou lors d'un trajet, Lauriane mime des expressions et fait des grimaces, elle chante des comptines pour que son frère assimile. Lauriane trouve ça trop mignon quand Enzo répète les sons, avec son accent de bébé, me dit-elle. Mais souvent ses mamans lui demandent d'arrêter, il ne faut pas faire travailler Enzo à l'excès.

Plus tard, Lauriane aimerait devenir psychomotricienne pour aider les enfants handicapés. Parfois elle assiste aux séances d'Enzo. Discrète, elle le regarde attraper un ballon ou se scruter dans un miroir avec un chapeau et un nœud papillon et quand elle voit ça, Lauriane parle de *traumatisme positif*. Pour la grande sœur, toute l'histoire d'Enzo est un traumatisme positif, ça part d'une maladie et ça devient féérique. Lauriane a l'impression que c'est une maladie aimante, une maladie qui rapproche les gens, c'est étrange, mais c'est ce que la jeune fille ressent. C'est ce qui s'est passé pour elle.

Lauriane est suivie comme son frère. Elle voit régulièrement un psy et une hypnothérapeute qui l'aident à ne pas trop réfléchir. Mais Lauriane continue de cogiter, en particulier sur l'avenir d'Enzo, comme elle l'exprimait encore il y a trois jours : où Enzo vivra-t-il plus tard, et si les mamans ne sont plus là, qu'est-ce qui se passera, pour lui ?

Dans l'association d'Enzo, Lauriane a sa place comme les autres. Elle prend régulièrement des nouvelles des enfants. Elle les appelle, leur écrit sur WhatsApp ou Instagram, elle participe aux visioconférences au point que l'association vient de demander à la jeune fille de devenir l'influenceuse des jeunes Williams sur les réseaux. Quand les familles se rencontrent, celle d'Enzo répond toujours présent. Anne-Cé et sa compagne considèrent l'association comme une protection autant qu'un exutoire. En principe, ces familles auraient pu ne rien avoir en commun, ne rien avoir à se dire, mais c'est aussi l'autre réalité de la maladie, ce mouvement collectif qui les unit. Il faut le voir un instant pour comprendre. Voir toutes ces familles se retrouver comme de vieux amis. Les enfants entre eux, les parents et leurs proches, comme la marraine d'Enzo qui s'arrange toujours pour en être. Les groupes se mélangent et avec eux les fous rires, les buffets, les pauses clope, les confidences, les étreintes démonstratives ou discrètes, les comment tu vas depuis la dernière fois, et ta fille alors son bac, j'ai complètement zappé d'apporter des gobelets, et où sont François et Thomas, Carine n'a pas pu venir non plus à cause de sa chimio, elle viendra en juin, on va la motiver, compte sur Anne-Laure.

Enzo et sa famille se déplacent à chaque événement, même le plus petit, comme le mois dernier dans les Yvelines pour une simple collecte de déchets. À cause du Covid, cela faisait plus de dix-huit mois qu'Anne-Cé et Éloïse n'avaient pas renoué. Alors, sans hésiter, elles ont quitté leur caserne du Mans et ont fait la route toute la matinée. Enzo adore être au contact des membres de l'association. Il aime surtout celui des adultes quand il est encore peu sensible à celui des enfants. Face à moi, Enzo esquisse de grands sourires de clown avant de me toiser quelques secondes comme on observerait un insecte, il toise encore un peu, j'ai l'impression qu'il décèle une vérité, un secret quelque part, avant de tourner sa concentration ailleurs, sur un autre secret. Pour excuser ses fuites, Lauriane dit qu'il a la bougeotte, elle le suit à la trace quand elle ne passe pas son temps avec Marius, Svetlana, Olivia, Axelle ou Octave, un petit de deux ans que la jeune fille surveille dans ses courses à quatre pattes dans les grandes salles comme si c'était son autre frère. La dernière fois, la maman d'Octave lui a offert un pot de miel pour la remercier de ses efforts et Lauriane était fière de raconter à ses mères qu'au nom d'Octave, Iryna et son mari venaient d'ouvrir une ruche.

Pour la reconnaissance légale, Anne-Cé a adopté Enzo et Éloïse, Lauriane. Elles ont alors officialisé leur union – Anne-Cé était franchement peu conquise par l'idée. Elle avait déjà été mariée à un homme, un de ses meilleurs copains de sixième qu'elle avait perdu de vue, puis retrouvé au centre de recrutement. Mais le mariage tenait à cœur à Éloïse, pour l'adoption et pour le symbole. Les deux femmes ont sauté le pas, c'était en 2016, en petit comité et juste après, Anne-Cé et Éloïse ont déposé leur demande d'adoption, elles ont monté des dossiers et se sont présentées devant le juge aux affaires familiales, qui a passé en revue les éléments et a validé tout simplement leur candidature. Anne-Cé me dit cette expression, *tout simplement*, quand rien encore ne l'est vraiment.

Éloïse est installatrice thermique en chaudières. Elle travaille la journée tandis qu'Anne-Cé, gendarme depuis vingt-trois ans, a des horaires plus fluctuants. Lasse du terrain, elle travaille au 17 pour être là pour Enzo. Anne-Cé gère à distance les interventions, alterne garde de jour et de nuit, et, contrairement au personnel médical, elle ne connaît pas de cycles : elle doit enchaîner parfois deux services, et se reposer en début d'après-midi avant de récupérer Enzo à la crèche. Au 17, Anne-Cé et un collègue gèrent à deux les appels provenant des trois cents communes du département de la Sarthe. En cas d'urgence, comme lors de l'enlèvement de deux mineurs dans le secteur de La Flèche, il y a parfois des renforts mais, la plupart du temps, Anne-Cé jongle entre les postes, quand elle ne gère pas les appels nocturnes de toutes les brigades du département. Rien à voir cependant avec la réactivité permanente qu'exigeait le travail de terrain. Le manque de sérénité, la fatigue, les dossiers qui ne la quittaient jamais, quand à la maison l'attendait la même charge mentale. À son poste fixe, il arrive qu'Anne-Cé se retrouve face à des situations cocasses. Comme cette fois où une fille de l'âge de Lauriane a contacté la gendarmerie. Anne-Cé a conservé la bande.

— Gendarmerie nationale, bonsoir !

— Bonjour, comment ça se passe quand les enfants, ils écoutent pas ?

— C'est-à-dire ?

— Parce que là, il y a… Je dois garder mes petites sœurs.

— D'accord… Et pourquoi elles n'écoutent pas ?

— Ben, par exemple, je leur dis d'aller à la douche et elles veulent pas.

— Et quel âge tu as ?

— J'ai douze ans.

— Et elles ont quel âge, tes sœurs ?

— Six et onze.

— Six et onze ans ? Et ils sont où, tes parents ?

— Ils vont revenir, ils sont partis faire des courses.

— D'accord, et donc là, tu voudrais que tes sœurs aillent se doucher ?

— Oui.

— Passe-les moi, alors.

— Allô ?

— Oui, c'est la gendarmerie.

— Oui…

— Pourquoi tu ne veux pas aller te doucher alors que ta sœur te demande de le faire ?

— …

— Tu crois que tes parents vont être contents quand ils vont rentrer et qu'ils vont voir que tu n'as pas écouté ta sœur ?

— Non… Ils vont pas être contents…

— D'accord, alors qu'est-ce que tu vas faire ?

— Je vais aller prendre ma douche…

— Et ta sœur ? Tu peux me la passer, ou c'est bon, elle va le faire aussi ?

Derrière une petite voix enfantine gémit :

— C'est bon…. Je vais le faire.

— D'accord. Bon, alors je compte sur vous !

— Merci, au revoir !

Au 17, Anne-Cé dénoue des situations, organise le sauvetage de femmes ou d'enfants maltraités, quitte à se prendre en pleine figure certaines tragédies. Ce fut le cas il y a quelques semaines lorsqu'elle a reçu l'appel d'un usager de la SNCF inquiet de voir un homme errer sur les rails. Après géolocalisation, Anne-Cé a contacté ce père divorcé qui voulait en finir. Ils ont échangé dix minutes, elle et lui. L'homme lui parlait de ses enfants qu'il ne voyait plus. Il se confiait, il disait que plus rien ne comptait et Anne-Cé répondait qu'il avait justement ses enfants et qu'il fallait tenir. Anne-Cé est formée à ce genre de répliques, et peut-être qu'elle pensait aux siens aussi, à toutes ces nuits blanches, à tous ces moments où la maladie met un voile sur la vie. La gendarme raisonnait l'homme qui s'éloignait sur les rails. Il fallait le rassurer, l'écouter, ça fonctionnait. La conversation progressait. Anne-Cé pensait qu'elle y arrivait, convaincue que l'homme se décalait sur la voie, mais le sifflement d'un train a soudainement filtré du combiné. C'était terminé.

Anne-Cé raconte toujours ses journées à sa compagne. Comme avec son fils, il faut se persuader qu'on a fait le maximum. Il faut se dire qu'on était là, qu'on a fait ce qu'on a pu. Parfois on lui propose une écoute auprès d'un psychologue qui exerce vingt-quatre heures sur vingt-quatre dans la région pour la Gendarmerie. On le lui propose à chaque fois que la situation tourne au désastre, comme cette nuit-là sur les rails. Cette fois, Anne-Cé a poliment décliné.

Ce qui fait surtout tenir Anne-Cé, c'est de voir Enzo progresser. Et, depuis des mois, il progresse. Il fait des efforts pour formuler une phrase, même s'il doit encore apprendre à écrire son nom, à retenir les chiffres, puis les lettres, à dessiner un rond, autant qu'à se tenir à un poteau, à ramper dans un tunnel ou à attendre son tour pour le tunnel. À table, ces progrès changent tout. Les langues se délient et l'ambiance s'allège. Au tout début, les deux mères ont appris à leur fils la langue des signes pour éviter qu'il ne s'isole. Des mots simples à signer, « bonjour », « merci », « s'il te plaît », « gâteau », « encore », qui ont permis à toute la famille de s'exprimer pendant des années, de ne pas se frustrer et Lauriane était la première à vouloir toujours plus signer.

Aujourd'hui Enzo parle et signe en même temps. Son désir se fait double, avec les mots et les mains, signant « encore » pour la balançoire ou un Kinder Joy. Étonnamment, Enzo parle anglais aussi. Il commente les images qui passent à la télé, « *Look! a parrot!* », et Lauriane et Éloïse tournent la tête depuis le canapé, médusées. Où a-t-il appris ça encore ? C'est encore toi, Lauriane ? Franchement pas. Grâce à son oreille fine, Enzo s'est fait seul à la langue anglaise, plus musicale, plus rythmée, selon Anne-Cé. Quelques recherches en ligne ont pu me confirmer que la mère avait raison. Les enfants anglo-saxons porteurs du syndrome semblent capables de s'exprimer plus tôt que les enfants français, comme si leur langue, moins « hachée », offrait plus d'opportunités.

Pour développer son oreille fine, Enzo rencontre toutes les semaines une musicothérapeute. Chaque séance débute de la même façon. Anne-Cé est près de son fils et tous les trois, assis au sol, entament la chanson du bonjour. Avec ses instruments, la musicothérapeute prévoit des activités sur l'espace, sur le langage : répéter des gestes, marcher sur des tambourins, Enzo marchant souvent sur la pointe des pieds. Heureusement le petit progresse, sur son équilibre, sur sa concentration, il tape sur les instruments quand avant il manquait une fois sur deux sa cible. Enzo n'a plus le vertige, il tombe moins alors qu'il y a quelques mois le moindre demi-tour le faisait chavirer et il n'imagine plus des trous sur la route, quand c'est encore le cas de Maléna, et peut-être que bientôt Enzo ne réclamera plus la poussette dont il semble inséparable, même pour les deux cents mètres jusqu'à l'école, et ça à chaque trajet, le petit exige de sa mère d'être porté ou conduit, comme un maharadjah sur son palanquin.

Dans son grand canapé noir, avec son attention débonnaire, sa gentillesse, son sens inouï des autres, Anne-Cé m'offre ses histoires. Elle me les donne toutes, chaque semaine, elle me les offre en bouquet, elle qui est toujours la première à nos rendez-vous, partante pour tout, qui s'arrange, répond présente, à l'heure, malgré les corvées du jour ou mes demandes au débotté, sa voix est toujours calme, ses yeux vifs et indulgents ressemblent à ceux des autres parents, tous ceux qui dans l'adversité de la différence apprennent à s'élever au-dessus de la mêlée et appartiennent désormais à une caste sans nom, à une humanité à part, et en quelques minutes, dans les yeux d'Anne-Cé que je n'oublierai jamais, je passe d'image en image, de la chanson du bonjour au chemin matinal de l'école, je visualise les perroquets du soir, la poussette, les encouragements de Lauriane quand Enzo apprend les premiers nombres, comme si j'étais avec eux depuis le début, dans leur caste jolie, leur vie sans commisération.

Quand je lui pose une colle, Anne-Cé regarde toujours à droite, à l'autre bout du canapé, et de sa voix douce autant qu'elle l'est, interroge Éloïse qui discute sur Messenger. Il est l'heure du bain, et Anne-Cé me dit : tu vas assister au drame. Enzo sur sa tablette ne réagit pas, Éloïse répète, Lauriane aussi, et le petit concentré fait semblant de ne rien entendre. Éloïse répète plus fort et les premiers refus arrivent. Pour éviter les pleurs, elle se lève d'un bond, elle joue au pitre – badaboum on y va ! –, voix de cirque, bruits de théâtre, et, son fils sur le dos, elle n'a plus le choix que de disparaître jusqu'à la baignoire. La dernière image qui me reste, c'est celle d'Anne-Cé face à moi, si fière de sa femme.

Il y a tant à dire sur les sacrifices de ces deux femmes, qui les accomplissent sans jamais douter ni se diminuer. Les projets mis de côté depuis des années. Les voyages oubliés, comme la mutation outre-mer, le rêve absolu d'Anne-Cé. Le seul restaurant qu'elles s'offrent une fois par an quand elles osent demander à une amie de veiller sur Enzo le temps d'une soirée. Anne-Cé s'en souvient, le dernier remonte à mars 2020. Mais les deux femmes s'en fichent. Elles se disent que c'est leur vie, qu'il faut la vivre et qu'au moins elles mettent de côté, pour Enzo plus tard, qui ne vivra pas uniquement d'aides sociales. Tous les six mois, les sacrifices deviennent une bataille. Remplir des formulaires pour la Maison départementale des personnes handicapées, cocher des cases, demander des aides, des heures, des orientations scolaires dès le mois d'octobre, faire des paris absurdes sur l'avenir après cinq semaines d'école, accepter la lourdeur administrative, cocher des cases encore, se voir attribuer le même taux d'incapacité qu'un enfant dyslexique au prétexte qu'Enzo n'a pas de problème cardiaque, continuer à cocher, cocher, cocher, écrire ce qu'on appelle des «projets de vie», rédiger, montrer ce qu'est la vie d'un enfant handicapé, et tout faire sur papier, pas de digital à la MDPH, à croire que c'est l'année Louis XVI ici, photocopier ensuite, au cas où les courriers se perdraient au fond d'un tiroir, relire, timbrer, envoyer, attendre une réponse et tomber encore des nues : Chères Mesdames, Enzo a l'air normal et, selon nous, il n'a besoin d'aucune aide supplémentaire.

À aucun moment, ces deux femmes ne baissent les bras ; quand la fatigue prend le dessus, Anne-Cé compte sur Éloïse, et vice versa. Elles n'ont pas le temps de s'agacer, de relire les courriers, de s'indigner. Avec Enzo, la vigilance est un temps qui ne s'écoule jamais. Elles le surveillent vingt-quatre heures sur vingt-quatre, lui qui teste tout, démonte le moindre objet, une montre, un grille-pain, des trucs que ses mères n'imaginent pas même démontables comme ce casse-tête chinois. Enzo veut comprendre comment le monde est fait, alors il bricole, trifouille, au point que tout passe entre ses mains : un tournevis dans une prise électrique, une bouteille de Balsolène en bouche, quand ce n'est pas son visage tout bleu après l'expérience numéro trois mille sept cent soixante-sept, « Enzo teste les produits WC ».

L'été dernier, Éloïse est allée déposer Enzo chez son grand-père pour une nuitée. Elle le lui a laissé trente secondes, le temps seulement de monter les bagages. Celui pour Enzo d'échapper à la vigilance du grand-père et de se retrouver au milieu de cette mare le long de la nationale, mort de rire, l'eau verte jusqu'au ventre, contemplant les bêtes aquatiques.

Éloïse se remémore cet épisode. Il aurait pu tourner au drame, mais Éloïse sait qu'elle doit redoubler de prudence et ne pas ressasser les dangers esquivés. Alors elles continuent. Elles continuent à deux et gardent leurs nerfs intacts, sauf quand ça ne veut pas. L'an dernier, au zoo, Enzo vagabondait dans un petit tunnel pour apercevoir des mangoustes. Le petit avait fait un premier tour avec Anne-Cé avant d'en redemander un. Mais d'autres enfants l'avaient suivi dans le tunnel et criaient. Enzo s'est retrouvé coincé dans le vacarme. Les mains sur les oreilles, il pleurait, suppliait sa mère pour que le bruit cesse et à la sortie du tunnel, une mère du groupe s'en est mêlée. Sèchement, elle lui a balancé que son gamin devait sortir un peu plus de son petit confort et s'éduquer. En deux-deux, la moutarde est montée au nez d'Anne-Cé. Elle a vu la route glissante devant elle et pourquoi ne pas glisser, tiens, une fois, rien qu'une fois, céder à la tension, oublier la réserve et tout lâcher. Mais Éloïse est intervenue, une main sur son épaule. Un coup d'œil entre elles seules et Anne-Cé s'est éloignée, les poings serrés, avec son fils. Dans sa tête, et dans la mienne surtout, la femme odieuse finissait en pièces devant les mangoustes amusées.

Aujourd'hui, l'hyperacousie d'Enzo s'affaiblit. Le petit doit encore cacher ses oreilles avec ses mains quand retentissent des applaudissements ou la sirène des pompiers. Il doit se barricader dans sa chambre quand ses mères font le ménage. Et même quand Enzo ressent une émotion forte, un plaisir incroyable, le petit a besoin de recouvrir entièrement ses oreilles. C'est drôle quand il le fait. Une façon de faire entrer sa joie en lui et de se recentrer sur lui-même. Penser à soi et faire fi du monde. Comme ses mamans et sa grande sœur s'y efforcent chaque jour depuis toujours. Les mains sur leurs oreilles, avancer ensemble. Peu importe les femmes odieuses, les courriers et les surnoms de collège. Vivre et ne rien entendre d'autre que leur beau vacarme, à elles et lui.

Comme un conte

Romain n'est plus un enfant. Plus tout à fait. Mais il rit encore aux mêmes blagues que Marius et les adolescents. Il aime les manèges, se dépenser, manger beaucoup, être avec ses parents. Romain a trente ans. Il travaille en usine, en conditionnement et blanchisserie. Il vit dans les Yvelines, dans un foyer, à quatre kilomètres de ses parents et de ses sœurs Eva et Élise. Romain est un homme bâti, court, fidèle au syndrome, le visage rond, les yeux bleus et l'air avenant. Romain aime autant le théâtre que la pétanque, le ski à haut niveau, lui qui participe chaque année aux Jeux olympiques spéciaux, l'équivalent des Jeux paralympiques pour les personnes atteintes de maladies mentales. Il ne gagne pas de trophée, mais il se débrouille. Romain a la niaque, comme il dit. Son meilleur ami est porteur du syndrome, lui aussi. Il déjeune avec lui tous les samedis midi comme ces copains de bistrot qui se revoient malgré les décennies. Romain est en couple avec Justine, une femme trisomique qu'il a rencontré à quatorze ans à l'IME. Romain est comblé autant que l'est sa vie. Mais l'histoire que je tiens à raconter de lui remonte à une vingtaine d'années. Romain en a alors huit, et personne ne sait que l'enfant est atteint d'une maladie orpheline.

Il était une fois Romain. On peut le dire ainsi, c'est permis. Romain, l'enfant aux pantalons larges et aux baskets tachées, habituées des forêts, naît un beau matin sans éveiller de soupçon sur sa santé. Sous le regard de Mère Sylvie, Romain grandit peu mais il grimpe, sort de ses parcs à jouets, il court, met les gaz, enjambe déjà les grillages, il parle peu parce qu'on dit qu'il est comme ça, un casse-cou taiseux, une sorte d'Oliver Twist sans la misère, la même allure, la même vitesse, les mains pleines d'angles, ça court dehors et entre les murs, un sprinteur qui à force se met à piquer des crises, faut dire que la vitesse ça épuise, ça mord parfois, ça croque la grande sœur comme les joues des copains d'école, Romain qui s'exprime par les canines, habituel chez les petits énervés, mais si attachant aussi, un vrai roger-bontemps, les yeux ourlés de tendresse, le corps aimant, il n'y a qu'à le regarder quelques secondes pour pardonner, oublier les morsures et les vases brisés, alors on dit ça va passer, les mains qui pincent, la bouche qui blesse, ça va se calmer, on en est sûr, car le mot à la mode, en 1996, c'est *hyperactif*.

Quand Romain se calme, les adultes se penchent sur lui comme de bonnes fées. Il est tendre, le gamin, mais c'est qu'il a du retard. Un retard d'environ deux ans dans l'apprentissage du langage, la concentration et la motricité. Mère Sylvie pense que c'est sa faute. La séparation avec le père de Romain quand il était tout petiot l'aurait fait régresser. Mère Sylvie s'imagine le pire, le papa moins, c'est l'histoire de toutes les familles, tout est la faute des mamans si les chérubins stagnent, ne marchent pas, gazouillent encore moins. Deux ans plus tard, le couple se retrouve et miracle, Romain chemine en prince. Il dit ses premiers mots, fait ses premiers pas. Et Mère Sylvie s'en veut, s'en veut, voilà la preuve qu'elle aurait dû rester, qu'elle aurait dû se sacrifier. Alors, pour son prince, Sylvie met un frein net à sa carrière. Elle refuse les opportunités d'évolution, oublie son ambition, et pour son fils plus lent que les autres, elle devient grand chaperon.

À l'école, Romain redouble ses classes. Les instituteurs parlent de lacunes indémêlables quand les médecins disent que tout est normal, c'est juste un garçon, rien à voir avec Princesse Eva et ses notes royales, un garçon, c'est traînard mais c'est coriace, chez un garçon les lacunes ne sont jamais graves, lent au démarrage bientôt il carburera. Toutefois l'école le chasse du primaire. À la place, les loups proposent une orientation en IME et les parents de Romain balbutient. Un IME, un institut médico-éducatif?

Leur petit prince n'a aucun problème médical. Les parents insistent, vous ne pouvez pas faire ça, Romain est un petit aventurier, il est Tom Pouce grand comme un doigt, il vit des histoires, arrête les voleurs, cavale à cheval, mais la morale du conte est formelle : l'isoler de son foyer serait pour lui mortel. Un compromis est trouvé : Romain entre en CP d'adaptation.

Face au petit prince, Mère Sylvie ne vit pas un déni. Elle sait qu'il est spécial. Elle, ni d'ailleurs personne d'autre, ne le trouve ni déficient ni différent. Pour tous, Tom Pouce est magique. Il faut voir son empathie extraordinaire, sa manière de ressentir et de tout désamorcer. Quand Mère Sylvie rentre de son entreprise américaine, elle s'impose un sas. Elle attend près de la voiture, sur le gravier, parfois dans le garage pour relâcher la pression, sinon Romain fera instantanément éponge. À chaque contrariété de Sylvie, Romain absorbe. Il s'imbibe de la frustration des autres comme un buvard. Si Princesse Eva traverse une contrariété, *idem*, le garçon finit par sombrer. Tom Pouce est hypersensible, dit-on. Il ressent comme personne. Et puis il parle non-stop, un peu comme le Chapelier fou. Mais le gamin parle pour interroger. Il veut savoir comment les gens vont ou s'ils veulent jouer. Romain voudrait même les embrasser et Mère Sylvie en est heureuse. Les morsures sont oubliées, dans le village on dit à présent que c'est l'enfant parfait.

À l'école, les loups en comité changent d'avis. On ne veut finalement plus du garçon grand comme un doigt. Comme Romain n'est pas handicapé, ils lui refusent une section CLIS. Le loup alpha annonce à la famille :

— Seul un institut spécialisé pourra l'accompagner. Vous verrez, il progressera. Il ira l'après-midi et le matin, on continuera de s'occuper de lui à la bergerie.

Mère Sylvie n'a pas voix au chapitre. Alors, avec son fils, elle part visiter l'IME, à quelques kilomètres de l'école, une grande bâtisse noircie située à l'orée d'un bois. Ce que voit Sylvie sur place la frappe pour toujours. Des enfants amorphes, au regard vide, aux bras inertes, attablés comme englués aux chaises en bois. On dirait un mauvais sort. Une malédiction d'enfants perdus, cachés loin du royaume, à l'abri des regards. Romain voit les enfants inertes lui aussi, et il se demande ce qui se passe. Se demande-t-il plus que ça ? Se pose-t-il des questions sur lui ? A-t-il peur, ou honte ? Est-ce qu'il se dit qu'un piège infernal se referme à tout jamais ? Est-ce qu'il pense à s'échapper ? Partir, et détaler comme s'en va le Bonhomme de pain d'épices ? Seul, Romain détient sa vérité.

Tous les matins et tous les soirs, Romain demande pourquoi il doit aller dans cet endroit bizarre et face à lui, tout le monde se tait. Personne n'a inventé de légende assez belle pour la lui raconter. À l'IME,

Romain finit par se taire aussi. Pendant des heures, il regarde la forêt par la fenêtre et il en est sûr, là-bas vivent des sorcières. Quand, le soir, Mère Sylvie le récupère à la forteresse, Romain s'enfonce dans un silence sans pareil. Il accepte son sort et celui de la forêt des sorcières, car la dernière chose qu'il souhaite, c'est tracasser sa mère.

À l'institut, on s'accorde à dire que Romain n'a rien à faire là. Le héros apprend l'écriture, le calcul, la lecture, comme autant de cailloux blancs dans sa tête pour retrouver le chemin de la bergerie. À l'IME, on finit même par l'isoler des autres, ceux dont on murmure qu'ils sont les « cas profonds ». C'est pour son bien, mais pour Mère Sylvie, ça n'augure rien de bon.

Pour se détendre, Tom Pouce court comme il n'a jamais couru. Il commence le sport et dans les clubs, personne ne doute de sa santé. La gymnastique, le judo, le ski, le ping-pong, c'est tout-terrain. Romain se lance dans la voile jusqu'à ce qu'il tombe dans la Seine. Le football, aussi. Son entraîneur salue son coup de pied. Contrairement à la plupart des enfants atteints du syndrome, Romain est à l'aise avec son corps. Il tape dans le mille et court jusqu'au dernier coup de sifflet. Lors d'une promenade avec Mère Sylvie dans une clairière, un homme se met à l'observer dribbler. Romain n'y prête pas attention, en plein tête-à-tête avec son ballon. Mais l'homme tend à la famille sa carte de recruteur pour le PSG, disant qu'il souhaiterait faire passer, avec leur accord, des essais au petit. L'essai ne donne rien, et Romain retourne dans son club. Il fonce comme il fonçait, petit Oliver Twist. Il oublie les règles, les équipes, les coéquipiers, le Petit Poucet n'a qu'un but : avancer. Mais au club aussi, Romain finit par être écarté.

Après des mois à l'IME, Romain rencontre un vieux médecin. Il ressemble à un ogre mais dans la forteresse il est le seul magicien. Le vieux médecin connaît la maladie de Williams, et, très vite, il convoque Mère Sylvie et suggère de procéder à un test sur Romain, précisément sur son chromosome 7. Dans sa barbe blanche, le magicien n'ajoute rien et Romain et sa mère disparaissent loin de la forêt, espérant tous deux ne jamais avoir à la retraverser.

Tom Pouce a huit ans et demi quand le résultat arrive dans la boîte aux lettres rouge verni. Romain joue à tuer des dragons sanguinaires quand Mère Sylvie détecte l'enveloppe parmi les piles de publicités pour lave-vaisselle. Dedans, quelques phrases qui précipiteront le reste. Mère Sylvie lit les mots *délétion*, *zone*, *région* et cette géographie soudaine, c'est la maladie du petit prince. Sans y croire, Mère Sylvie parcourt à nouveau le planisphère. Sa main tient la lettre et l'autre le coin de table où Romain souvent se tapait la tête, et alors c'est un millier de petites alarmes qui s'invitent dans la sienne, un milliard peut-être, et ça lui revient, ça se fixe en elle, c'est son conte pour l'éternité.

Mère Sylvie cherche la définition de la maladie sur l'ordinateur et atterrit sur le site d'une fédération spécialisée dont le siège est situé à Montesson. Elle n'y croit pas. C'est là qu'elle vit depuis toujours. Mère Sylvie appelle un numéro et rencontre aussitôt Femme-Renarde et sa fille aux traits marqués dans leur sombre chaumière. Face aux étrangères, Mère Sylvie dissimule sa frayeur, mais la vieille femme n'apaise rien. Elle tend des photos d'autres enfants malades. Des clichés tous plus moches les uns que les autres. C'en est trop pour Mère Sylvie qui se jette hors de la tanière, démoralisée, persuadée qu'elle ne contactera plus jamais personne pour aider son prince aventurier.

À l'hôpital, les chevaliers sont gentils. On dit que Romain a huit ans et qu'il ne changera pas en un jour. On dit qu'il ne faut rien dire à l'école. Garder le secret tant qu'il apprend, tant qu'il n'y a pas d'échec. Sinon on l'exclura du système. Mère Sylvie est mal à l'aise avec cette cachotterie mais tient parole, et personne chez les loups ne connaîtra la vérité sur Romain pendant six années.

À Princesse Eva, Mère Sylvie ne sait pas comment l'annoncer. Elle n'a pas encore les mots pour définir son fils adoré. La petite de dix ans se doute de quelque chose. Elle perçoit les chuchotements étouffés dans la cuisine qui s'évanouissent à son arrivée. Elle pose des questions mais on l'ignore, on l'ignore, et Princesse Eva a l'air de raccourcir, de raccourcir, de devenir à son tour Petite Poucette, ignare et invisible. Cinq mois plus tard, une folie se produit. Petite Poucette rentre de son CM2, un livre à la main. Ce roman, elle l'a lu sans pouvoir s'arrêter toute la journée. Elle le pose sur la table de la cuisine et dit : ce livre, c'est mon frère, c'est son handicap. Le petit livre met en scène une petite fille atteinte du syndrome de Williams. Stupéfaite, Mère Sylvie n'a plus d'autre choix que de dire : c'est vrai, oui.

Pour Princesse Eva, la suite est compliquée. L'acceptation est un chemin et la fillette semble être au début du sentier. Elle se sent trahie, mise de côté. Elle ne veut plus poser de question et quand Tom Pouce est au centre des discussions, elle en a marre. Elle file furieuse dans sa chambre en se rappelant à quel point depuis le début son frère a été plus choyé. L'été suivant, Mère Sylvie et sa famille partent en vacances, loin de cette année sévère. Pour l'occasion, une amie d'Eva se joint à eux. Un jour, alors que Romain part acheter des bonbons avec sa sœur, l'amie demande à Mère Sylvie si c'est vrai ce qu'Eva répète depuis des mois. Si c'est vrai que Romain est adopté et qu'il n'est pas son vrai frère.

En grandissant, Princesse Eva refusera toujours de traiter différemment son frère. Elle gardera ses yeux, son ton, ses mains pleines d'angles et ses surnoms. Peu à peu, le déni deviendra par magie un levier solide qui permettra à Romain de ne pas vaciller et de croire en lui. À présent, Princesse Eva offre son temps libre pour veiller sur lui et sur les autres enfants atteints par la maladie.

Après les vacances, il faut expliquer à Romain sa différence. Un an a passé et tout le village est au courant. Les grands-parents, les amis, les voisins. Mais comment confier une telle vérité à l'intéressé ? Est-ce que c'est dans le conte ? Est-ce qu'il y a une petite morale quelque part ? Faut-il continuer à parler de princesses et de chevaliers quand son enfant a une maladie qui le définira toute sa vie, et avec lui son métier, son autonomie, sa vie privée ? Mère Sylvie doit se lancer.

Un soir, elle demande à Romain de venir s'installer près d'elle dans le petit canapé. Le père est contre, ce n'est pas le moment. Mais Mère Sylvie sait l'importance des choses nommées autant que le danger des non-dits, elle l'a vu pour sa fille. Le père hausse les épaules et près de la cheminée, Mère Sylvie commence l'épopée.

— Romain, les difficultés que tu rencontres depuis tout petit ont un nom.

Sylvie commence et Tom Pouce écoute. Il écoute lentement, comme si tout son corps buvait délicatement un grand verre d'eau.

— Avant on ne savait pas ce qui se passait, maintenant on sait. Maintenant on te comprend, on va pouvoir mieux t'aider.

Sans exprimer de réaction, Romain continue de boire tout doucement, et Sylvie progresse.

— Tu as un petit syndrome qui explique tes retards, tes étourderies, ton manque de concentration. C'est comme une maladie mais tu n'auras jamais mal.

À la télé, au même moment, passe un bêtisier animalier. Mère Sylvie fait couper le son et les flammes de la cheminée fendillent au-dessus de la discussion.

— Je te prie de m'excuser, je n'aurais pas dû perdre patience certaines fois. Ce n'est pas ta faute, c'est celle du syndrome, mais il ne sera jamais qui tu es. Maintenant, on va continuer comme on l'a toujours fait. Tu continueras d'aller à l'école, tu continueras d'apprendre, rien ne va changer, je le promets.

Pour Mère Sylvie, les mots sont simples mais il reste l'avenir. Les dossiers, les rendez-vous, les projets personnalisés, où sont-ils dans les jolis albums du passé? On parle à Romain d'une SEGPA pour le collège ou d'un IME pro. Pour la première fois, Tom Pouce réagit. Il repense à la forêt des sorcières et refuse d'y aller. Il n'est pas handicapé, dit-il à l'envi. C'est une malédiction. Il le scande et assène cette vérité au monde entier, il n'est pas handicapé.

Perdue, Mère Sylvie trahit sa promesse et retourne sur l'ordinateur. Elle appelle une autre fédération spécialisée pour demander de l'aide. Quand Anne-Laure et Marius lui rendent visitent pour la première fois, Mère Sylvie a un choc. Elle découvre Marius qui, trait pour trait, ressemble à son fils. Comment deux enfants étrangers peuvent-ils autant se ressembler ? C'est un envoûtement, là encore. Le même long cou, le regard étoilé, la même racine du nez, les joues pleines, les dents de lait espacées. Ces fameux « traits elfiques » que décrivait le savant néo-zélandais.

— Des traits elfiques ? demande Sylvie éberluée.

Et Anne-Laure raconte ce qu'elle sait. Fée marraine décrit. Le nez retroussé, les pommettes hautes, les grands sourires et les mentons pointus. Les elfes sont petits et sveltes, avec les oreilles ovales, de longs cheveux épais et les enfants Williams leurs ressemblent étrangement, d'ailleurs, comme eux, ils paraissent éternellement jeunes, dépourvus de poils ou de barbes, leurs voix, singulières et rauques, sont fascinantes. Dans les contes, on dit qu'elles ressemblent à des courants d'eau.

Coïncidence ou magie ? Fée marraine explique qu'à en croire certains chercheurs, cette maladie serait à l'origine des contes de fées.

— Certains enfants atteints du syndrome auraient inspiré des personnages bien connus, comme le Puck de William Shakespeare dans *Le Songe d'une nuit d'été*.

À bien y réfléchir, c'est troublant, et Mère Sylvie a l'impression de rêver. Elle regarde son fils, elle regarde Marius, elle pense aux contes de fées. Et puis, dans ces livres, que font les petits êtres? Les Tom Pouce et les elfes? Comme les enfants, ils aiment fabriquer, construire, bricoler, user de leurs mains, ils aiment travailler la terre, ils aiment les animaux, connaissent leurs noms et imitent leurs bruits. Mais surtout, dit Fée marraine, ils content, sifflotent, font de la musique. Dans les régions germaniques, on dit que l'on peut voir danser les elfes dans les prés, les nuits et les matins brumeux. On dit aussi des lutins qu'ils répètent les chants qu'ils ont entendus, capables d'enchanter les hommes avec leurs mélodies.

— Les animaux, les travaux manuels, les histoires, tout ça est aussi vrai chez mon fils, sauf pour la brume, annonce Fée marraine. Il retient chaque mélodie aussi. La plupart de nos enfants ont l'oreille absolue, une oreille très sensible aux bruits.

Mère Sylvie continue d'écouter.

— Il faut voir comment Marius joue de la batterie ou Marie du violoncelle, ou s'arrêter un instant devant Enzo quand il apprend seul l'anglais. Il faut entendre Axelle et Olivia quand elles écoutent de la musique : «je sens qu'elle est à l'intérieur», «le son il me fait heureuse», «je ressens le piano dans mon cœur».

Mère Sylvie n'en revient pas. C'est vrai que Tom Pouce adore la musique depuis tout petit, ça l'apaise, surtout Mozart, en plus il est le meilleur aux *blindtests*, dès la première note, Romain annonce sans faute le résultat.

— Son oreille sensible, Romain l'a toujours eue. Les feux d'artifice qu'on ne regarde plus à la télé, les bouteilles de champagne qu'on ouvre loin de lui.

Fée marraine lui parle alors de Gloria Lenhoff, une soprane atteinte du syndrome.

— Elle chante plus de deux mille cinq cents airs en vingt-cinq langues différentes… Il y a tant de points communs entre les lutins et nos enfants. Pour certains, c'est une sotte superstition, pour d'autres, je ne sais pas, une vérité fabuleuse ? Comme les lutins, nos enfants sont affectueux, charitables, sensibles aux sentiments des autres. Les lutins sont réputés pour leur espièglerie, ils aiment surtout s'occuper de leurs familles et de leur foyer. C'est le cas de Romain, n'est-ce pas ?

Mère Sylvie approuve et tout l'après-midi, Fée marraine raconte les enfants comme on raconte un moment doux, elle sait que Mère Sylvie en a besoin, alors elle dit les enfants sans la maladie, elle dresse la liste de leurs passions, leurs obsessions, leurs désirs de plaire, leurs vulnérabilités, leurs façons aussi de s'angoisser pour des événements lointains : l'absence d'un professeur, le rhume d'un copain. La rencontre entre les deux mères est un déclic et en quelques semaines, Mère Sylvie fait faire des tests à Romain qui révèlent son oreille absolue.

Romain rêvait de faire du piano et maintenant le prince s'y met. Il apprend le solfège avec un professeur et malgré ses retards, il y arrive. Mère Sylvie est ravie. Tom Pouce travaille les partitions sous l'œil admiratif de Princesse Eva. Son professeur lui passe un disque, n'importe lequel – les Beatles, Beethoven, *La Panthère rose* – et Romain sait reproduire la mélodie à l'identique, même des années plus tard.

Pour les familles, l'annonce de la maladie à la naissance de l'enfant est un sortilège infini. Un sort qu'il faut conjurer, déterminisme après déterminisme, telle une fuite sans fin dans les bois. Pour Romain, c'est une autre histoire. La vie qui commence sans sort ni maléfice. Un sort caché, silencieux, révélé sur le tard, un peu tard, tandis que Romain est là, vivant, éduqué, campé au sol sur ses deux pieds zélés et la morale de ce conte, c'est que rien finalement ne changera chez lui ni pour sa famille, Romain est resté Romain, l'enfant parfait du village qui fonce et console les gens, apaise sa mère dévouée, à un détail près : au piano, il excelle désormais.

L’amour et les parkings

— Allô, allô ? Est-ce que tu nous vois ?

— Non, pas encore. Vous avez activé la caméra ?

J’entends un rire de femme et une seconde plus tard, Gaëlle m’apparaît. Ses cheveux tout en boucles, son sourire grand comme un monde. Pendue à son bras, habillée de son pantalon d’équitation, je reconnais Axelle d’après les photos consultées pendant des mois et en guise de bonjour, celle-ci proclame :

— Trop beau, l’auteur du livre !

Sans détourner le regard, Gaëlle sourit, gênée, et il faut dire que je le suis aussi.

— Marius m’a beaucoup parlé de toi, Axelle. Comment tu vas ?

— Je vais bien, et toi ? Marius c’est comme mon grand frère.

Depuis les premières lignes de ce récit, je crois que mon travail consiste à raconter les enfants, à les placer dans le monde, hors de la maladie. Plus je les rencontre, plus je prends conscience qu’il faut la dire sans tyrannie, dire Axelle et ses phrases imprévues, Romain et ses morsures, Enzo et ses expériences dangereuses, raconter Marius qui durant les trajets en voiture m'assomme d'interminables coups de fil en mode haut-parleur destinés à ses amis. Il faut nommer sans anoblir, raconter jusqu'à l'os, chercher à comprendre la différence comme ces enfants se cherchent sans cesse au milieu des bruits.

— Marius, enchaîne Axelle, c'est vraiment vraiment quelqu'un de bien. Comme toi, Julien.

Axelle ne me connaît pas encore mais elle me juge. Ça ne l'embarrasse pas. Elle a une petite voix en elle qui la guide pour ça. Un mois plus tard, quand je la vois, elle m'étreint, m'embrasse. Ses petits bras s'enroulent autour de moi et c'est plus qu'un câlin d'enfant. Une force s'en dégage. Trois mois plus tard, je la retrouve avec d'autres enfants atteints du syndrome. Elle m'étreint à nouveau et me répète cette phrase, qui a bâti notre relation :

— T'es quelqu'un de bien Julien mais est-ce que là tu peux me laisser tranquille s'il te plaît, j'ai des choses sérieuses à dire à Matthias.

Je ris comme Gaëlle riait les premières fois et maintenant je comprends ce rire, je ne l'écris plus, je l'agrège à toutes ces vies.

Axelle porte des lunettes fines à branches roses, motif coquelicots. Ses cheveux sont ramassés en une petite couette, ses yeux sont bleus, comme ceux de sa sœur et de Gaëlle, et bien sûr que la première chose que je dois dire, c'est que la jeune fille est une charmeuse. Comme Maléna, ça fait partie de son ADN. Aujourd'hui, c'est Matthias qu'Axelle isole dans un coin pour lui susurrer des secrets. Hier, Alya, sa plus jeune copine de la section ULIS. Depuis la rentrée, un garçon prénommé Léonard. L'an passé pourtant, rien ne lui revient chez lui. Axelle le trouve ennuyeux et pénible mais, en rentrant de ce premier jour de CM2, Axelle l'annonce : elle est en couple avec Léonard. Ils se sont embrassés ce midi sur le masque, dans un coin de la cour et depuis peu, Gaëlle fait attention, car elle sait qu'Axelle cherche sur Internet comment embrasser.

Les coups de foudre vont et viennent dans la vie d'Axelle. Ce sont des coups de tête, des élans que Gaëlle repère instantanément. Les yeux de sa fille brillent, ses gestes se font plus rapides : Axelle s'attache, elle aime de tout son corps. La petite a toujours réclamé des étreintes à ceux qui lui inspirent confiance. Ses copains comme le chauffeur de taxi, la boulangère derrière sa vitrine éclairée de croissants. Attendrissant, disaient au début les gens. Aujourd'hui c'est différent, et Gaëlle s'en rend compte, Axelle pas encore. La jeune fille vient d'avoir onze ans et elle veut continuer les accolades, et où est le problème, c'est vrai ça, pourquoi ne pas dire aux gens qu'ils sont beaux, qu'elle les aime, qu'elle les trouve inspirants ? À sa fille, Gaëlle explique qu'il y a des règles de politesse, de posture, de distance. Elle raconte que nous sommes tous séparés par des barrières invisibles qu'on ne peut franchir, voilà comment marche la vie.

Sur le papier et pour tant de choses, Axelle est une enfant comme les autres. Amoureuse, facétieuse, intrépide, une jeune fille qui fait du cheval tous les samedis et qui adore parler des Shetlands qu'elle montait déjà à l'âge de cinq ans. Au début, Axelle se laissait porter par le trot, mais maintenant elle voudrait faire du saut d'obstacles et des figures de manège, la diagonale, la serpentine, le doubler ou le huit de chiffre, comme sa grande sœur qui est devenue championne de France en équipe.

Johana comme modèle, Axelle s'arme de patience. Pour y arriver, elle sait qu'il lui faut travailler, se concentrer, diriger le cheval, monter à chaque cours des poneys différents et ça l'inquiète beaucoup, devoir sortir de sa zone de confort, affronter les animaux étrangers.

Axelle a onze ans depuis juillet mais comme tous les enfants Williams, elle en paraît moins. Deux, trois années de moins. Gaëlle ne pourrait pas exactement chiffrer, alors elle se réfère à son aînée pour comparer. Non pas comparer, évaluer, situer Axelle. Il faut dire que la jeune fille a connu une puberté précoce. Dès huit ans, le développement de la poitrine, les poils, l'attitude adolescente. Ses carnets scolaires se sont remplis de remarques sur ses changements d'humeur. Depuis deux ans, Axelle reçoit des injections d'Enantone, un bloqueur de puberté qui contre la production d'œstrogènes. Axelle retrouve son comportement naïf et charmeur, autant que sa façon de poser sa tête sur l'épaule de sa mère après une confidence.

Avec les gens, Axelle crée des ponts qui deviennent instantanément des liens et c'est le cas avec moi aussi, elle dessine un pont, une passerelle, une ancre à jamais larguée, loin du rivage.

— J'adore BTS, c'est mon groupe préféré.

— C'est drôle, Axelle ! Tu sais que depuis un an j'apprends le coréen pour écrire un livre sur cette musique ?

— Maman, c'est incroyable, tu entends ça ? Julien aime BTS, non mais c'est fabuleux, c'est absolument pas croyable !

Dès qu'une ancre est larguée, le corps d'Axelle se déploie. Elle se tourne vers moi, se détache de son jeu en cours sur son téléphone portable et s'épanche un peu.

— Alors tu me parles de toi, Axelle ? À part BTS, qu'est-ce que tu aimes dans la vie ? Qu'est-ce que tu aimes un peu moins ? L'équitation d'accord, le sport en général ? Frank, qui est-ce ?

C'est son professeur de sport, et Axelle l'évoque sans transition. Elle dit qu'il est génial et ça c'est elle tout craché, confie Gaëlle. Car Axelle enjolive toujours, remplace les zones d'ombre par des traversées colorées. Entre Axelle et son prof, les débuts n'ont pas été faciles et si elle parle tant de lui, c'est pour mieux les faire oublier. Axelle était terrifiée par sa voix de stentor, ses haussements de ton, qu'elle prenait personnellement comme à chaque fois que quelqu'un parle fort. Les veilles de cours, Axelle faisait des crises d'angoisse et pleurait jusqu'au matin. La fillette partait dans son taxi, inconsolable, et pendant que Gaëlle me raconte ça, Axelle se tient à côté, feignant d'être happée par son jeu, avant de révéler :

— Mais je n'arrivais pas à gérer ! C'était trop dur. Ne me jugez pas, moi je préfère raconter les joies.

Axelle préfère toujours dire que tout va bien. Les activités autant que les amitiés. Elle préfère dire qu'avec Frank, ça va super désormais, qu'il la fait jouer au ping-pong et à la balle au prisonnier. Axelle préfère raconter les journées sans rendez-vous médical, les vidéos de yoga dans le salon avec sa mère, le chant, la danse, le piano avec lequel elle rêve de composer, pourquoi pas des chansons de BTS, et Axelle me rappelle qu'elle les aime tant, parce que les sept chanteurs coréens ont vécu ensemble sous le même toit pendant des années.

Comme beaucoup d'enfants Williams, Axelle est happée par la musique. Bébé, Gaëlle la calmait en chantant des comptines. «Je fais le tour de ma maison... » était la plus efficace pour affronter les crises. Quand Axelle entend une mélodie, elle se stoppe net. Son regard se perd, sa bouche s'ouvre. La jeune fille est à ce point mêlée à la musique que certaines chanteuses la rendent folle de rage. Ne lui passez jamais *Shallow* de Lady Gaga et Bradley Cooper. Axelle se met à hurler contre la radio et répète que ça la «grogne». C'est aussi le cas des bébés. Dès qu'elle aperçoit un nourrisson approchant dans sa direction, Axelle prend peur. Elle redoute les pleurs, l'émotion qu'ils contiennent, envahie à son tour par la frustration, la colère, la faim, ou le manque de sommeil. Comme si, en raison de son hypersociabilité, Axelle se mettait à leur place.

Aujourd'hui, Axelle sort avec un casque de protection dans son sac. Elle le met en cas de pépin sonore et ça l'apaise, ça l'isole, ça ouate son paysage. Gaëlle vient de commander des petits bouchons, plus discrets, moins sujets aux regards. Axelle a hâte de les recevoir et Gaëlle lui dit que c'est pour bientôt, promis, et sa mère sait que c'est bien plus que le confort auditif qui est là en jeu pour sa petite, c'est une façon de percevoir le monde à la bonne distance.

À l'école, son AVS raconte que les enfants de la section ULIS attendent toujours Axelle pour aller en récré. Mais Axelle prend son temps. Elle discute près de la porte, passe tranquillement un premier bras dans son manteau tandis que le groupe guette. Axelle papote, la manche en l'air, les minutes s'écoulent, Axelle se dirige vers le bout du couloir, un deuxième bras s'infiltre dans le manteau, résultat : le groupe n'a pas le temps de profiter de la récré.

En classe, parmi ses matières préférées, il y a l'anglais et les sciences. Elle aime aussi la grammaire, qu'elle appelle « grand-mère », mais parler de l'école ne l'intéresse pas tellement. Je vois bien que je l'ennuie avec mes questions et dès qu'elle peut, Axelle préfère me dire à quel point Frank est un type génial, le rappeler autant de fois que possible pour ne pas dire le reste.

Comme Romain à son âge, Axelle dit que ce qu'elle préfère, c'est sentir les émotions des gens. Plus tard Gaëlle me racontera longuement sa capacité exceptionnelle à ressentir l'autre, notamment quand elles ont accompagné sa grand-mère dans un combat contre une tumeur au cerveau. Axelle allait voir régulièrement sa grand-mère. Sa maladie, qu'on appelle « Terminator » aux États-Unis, était telle que la dame de soixante ans est devenue en quelques semaines immobile sur son lit, aphasique. Mais Axelle était là. Elle lui disait des mots tendres, lui prenait la main, lui rappelait qu'elle était forte et la grand-mère s'illuminait, se réveillait, la force de sa petite-fille l'enveloppait. Il y a peu, Axelle a demandé à sa mère si elle avait le droit d'aller rendre visite à « quelqu'un de spécial ». Gaëlle ne voyait pas qui cette personne spéciale pouvait être. En vérité, la fillette parlait du cimetière. Elle le disait d'une façon qui laissait penser qu'elle allait retrouver sa mamie comme avant, dans le jardin, dehors, près des buissons d'hortensias, dans cette petite maison en face de chez eux où elle habitait.

Marius aide Axelle à surpasser son deuil. Sept années les séparent mais Axelle a raison, il est son frère spirituel et de même, le fils d'Anne-Laure considère la famille de Gaëlle comme une seconde famille, lui qui connaît les prénoms de chaque oncle, chaque histoire de clan. Axelle en est à un âge où les angoisses prennent place dans le syndrome. La mort, la nostalgie du passé, le réchauffement climatique sont facteurs de grand stress, et Marius est là pour elle. Dès qu'elle peut, elle place sa grand-mère dans les conversations, même quand tout va bien, même quand on déjeune au soleil tous ensemble d'un plat de pâtes carbonara. De but en blanc, la petite nous parle de sa grand-mère et Marius n'hésite jamais à lui dire que c'est important d'aller de l'avant et je me rends compte que lui aussi mûrit, Marius devient grand.

À table, Axelle ne finit pas son assiette et près d'elle, j'observe ce grand tube transparent de biscuits industriels qu'elle ouvre et referme sous l'œil de sa mère. Gaëlle me dit que le lui enlever serait le déclenchement d'une crise nationale. Emma, la psychomotricienne, l'aide à manger en dépit de son appétit difficile. Elle lui apprend à maîtriser son espace, crée des parcours pour qu'Axelle marche sans tomber, sans s'inventer ces trous ou ces reliefs sur les routes ombrées. Elle l'aide à l'écriture des lettres et des chiffres, Axelle a encore bien du mal à former les chiffres composés. Mais les séances débutent toujours comme ça : Axelle doit manger. Des fruits, ou même des frites que la petite perçoit comme des insectes grouillant au milieu d'une assiette. À la maison, Axelle ne tolère rien si ce n'est son pot de biscuits, les Kiri, aussi, ou certains yaourts triés sur le volet – mais gare aux changements d'étiquette, sinon Gaëlle devra retourner fissa au supermarché. La mère a vu de nombreux nutritionnistes pour régler la question et rien n'y a fait. Certains expliquaient que la nourriture est une corrélation à la mère, une dépendance affective, en d'autres termes, que c'était entièrement sa faute. Emma a été la première à dire à Gaëlle qu'elle n'y était pour rien. La preuve, depuis la diversification, Axelle n'a jamais su se résoudre à manger ni fruit ni légume, encore moins de la viande, excepté deux minuscules bouts de jambon.

Comme les autres enfants Williams, Axelle connaît une dysoralité sensorielle. Une hypersensibilité qui affecte son odorat, sa vue et son toucher. Emma a insisté pour que ses proches comprennent : imaginez-vous qu'à la place des frites, on vous serve véritablement des insectes, vous seriez aussi dégoûtés qu'Axelle. Son dégoût est tel que ça lui crée des nausées, comme au cours du repas de la semaine dernière, quand Gaëlle a posé sur la table un plat à la sauce tomate parsemé de gruyère. Quand la séance se termine, Axelle part avec un devoir : pour la semaine prochaine, manger un huitième de pomme à chaque goûter, un morceau de banane ou de la poire, etc.

Pendant qu'Axelle est en séance, sa mère, à qui on assénait qu'elle était fautive, l'attend sur le parking. Les sessions durent une heure et Gaëlle prend sur son temps et son travail. Dans sa voiture, elle lit, répond aux e-mails de son agence, compose des appels qu'elle n'a pas le temps de passer le reste de la semaine. Il y a quelques mois, Gaëlle s'est demandé si son agence allait fermer et si elle allait devoir trouver un autre employeur, qui probablement exigerait d'elle une présence à temps complet. Alors, un soir, Gaëlle s'est tournée vers son conjoint pour savoir s'il pourrait un jour prendre le relais et dans la chambre parentale, alors qu'ils allaient dormir, Stéphane a répondu qu'il n'était pas prêt. Gaëlle n'a pas renchéri. Elle est restée avec ses parkings et ses « si… » pessimistes.

L'attente est longue devant les bâtisses et que se passe-t-il dans la tête de cette mère tous les jours et toutes les semaines ? À part ressasser les avis médicaux, les projets, les demandes d'aides, les incessants objectifs pour Axelle ? Pour ne pas abuser de son temps, j'interviens ici. J'appelle Gaëlle en visio tous les mercredis en fin d'après-midi, à chaque fois qu'elle se retrouve sur ces foutus parkings.

Sur l'écran, son visage apparaît sous le soleil ou le ciel noirci, j'entends les oiseaux et les voitures qui passent derrière elle et nous reprenons le fil. Sauf que, comme chez le psy, nous entamons à chaque fois de nouvelles discussions, les sujets s'imposent d'eux-mêmes et sur les parkings, chaque semaine, Gaëlle me fait un cadeau impensable, elle me donne sa vie en confidences, elle m'offre ses victoires, ses peurs, ses larmes et jamais je n'oublierai toutes ces heures passées ensemble, celles qu'on lui vole depuis des années et que je reçois comme un don ineffable.

Gaëlle se livre à moi et la séance se termine. La mère part chercher sa fille et mon visage reste affiché sur l'écran du portable. Retenu dans sa paume, j'entends les recommandations d'Emma ou d'un autre spécialiste, je vois Axelle bondissant du cabinet, elle avait trop peur de me louper. Gaëlle multiplie les conversations, oui Julien est là, un huitième de poire pour mardi, attends, ne t'inquiète pas, Julien va te saluer, c'est super l'exercice des balles, je suis contente, tiens Axelle mets ton écharpe comme il faut, oui d'accord je vois avec le cardiologue, à mercredi merci. Et tandis que dans la voiture je discute quelques minutes avec Axelle pour ne pas la décevoir, Gaëlle peut enfin quitter son parking et retrouver sa vie.

Chez moi, je clique sur « Terminer » et la vidéo s'enregistre. Je la consulte plusieurs fois, et en boucle les grands yeux bleus de Gaëlle qui se confie, ceux d'Axelle qui bondit et j'observe attentivement chaque détail, retiens chaque expression des visages pour ne pas être qu'un simple interlocuteur de plus dans leurs vies.

Dans les actes du quotidien, la maladie d'Axelle se définit aussi simplement que ça : elle ne sait pas faire ses lacets, elle ne sait pas traverser une rue ni fermer une porte, car il faut pouvoir calculer les distances et introduire la clé. Quand la jeune fille mange un yaourt, elle ne pense pas à s'essuyer la bouche. Axelle s'en rend à peine compte mais ça contrarie sa grande sœur. Quand Axelle va aux toilettes, elle ne s'essuie pas. Ses parents le lui rappellent et ça ne fonctionne pas, alors Gaëlle va bientôt remettre des pictogrammes sur la porte. Se préparer ou s'habiller, pour Axelle, prend un temps fou et souvent il y a une couette de travers et un pull à l'envers, un legging à motif turquoise fluo par-dessus une robe à volant avec un cœur à sequins orné du drapeau américain, parce que cette robe est sa préférée, sauf qu'il fait neuf degrés dehors.

À onze ans, Axelle n'a le niveau nulle part, ni en matière d'autonomie, ni sur le plan scolaire. Elle est dysgraphique et dyscalculique, sa lecture n'est pas fluide et les soustractions impossibles. Souvent, sa mère se demande ce qui se passe pour elle à son pupitre en classe, ou dans la cour. À quoi pense Axelle quand la maîtresse écrit des définitions au tableau ? Et sous le préau, les autres se moquent-ils d'elle ? Tous les jours, certains jours, parfois ? Et comment sa naïveté est-elle perçue par ses camarades ? Car Axelle croit toujours au Père Noël et aux Cloches de Pâques quand sa sœur Johana dès le CP expliquait, arguments à l'appui, qu'elle ne pouvait plus croire en de tels bobards. Pour éviter plus de décalage, ses parents viennent d'avouer le secret de la Petite Souris. En la valorisant, en lui expliquant qu'elle était grande, qu'elle avait le droit de savoir. Faut-il maintenant lui annoncer pour le Père Noël, ou attendre l'année prochaine ?

— Sûrement l'année prochaine, me dit Gaëlle. Pour y aller progressivement.

Pour Axelle, la gestion des émotions n'est de loin pas la plus mince des affaires. Quand on lui dit d'arrêter de jouer sur son téléphone. Quand elle est invitée chez une copine, ce qui est rare. Au moment de partir, Axelle pleure, elle vit ça comme un adieu. Quand ses parents reçoivent du monde, même chose. Peut-être parce que sa capacité à créer du lien avec les gens est exceptionnelle. Depuis qu'elle est petite, Axelle manie les mots comme personne. Elle s'adapte à l'autre. Elle fait sans cesse des compliments. Elle demande si les gens vont bien, prend des nouvelles de leurs familles, de leurs animaux, elle qui rêve d'avoir un chihuahua. Souvent quand la discussion tourne à la confidence, Axelle écoute et les langues se délient face à elle, c'est magique.

Puis elle partage à son tour, parle de sa mamie évidemment et ça tient en si peu de mots pour elle, une tournure, un élan poétique, une expression fantastique.

— Maman j'ai un secret à te dire ! J'ai un amoureux. Nos yeux se sont connectés à nos cœurs.

Quand Gaëlle aide sa fille à enfiler son pantalon d'équitation, elle lui dit :

— Hou j'adore ! Tu me files des mangoustes !

Il n'y a pas si longtemps, en évoquant le collège qui l'attend l'année prochaine, Axelle a assuré :

— Je veux aller à Descartes car j'ai pris ma destinée en main ! C'est mon petit cœur qui l'a décidé.

Ou encore un matin avant l'école, voyant les cordons de son jogging emmêlés :

— J'ai un nœud maman, je sais pas pourquoi je fais des nœuds, moi ?

Gaëlle dénoue le lien et la petite s'exclame :

— Non, mais t'es douée à ça !

— À quoi, chérie ?

— Défaire les nœuds des gens !

Des expressions imagées, Axelle en prononce tous les jours et ça change tant dans la vie de ceux qui l'entourent. Ce n'est pas une phrase toute faite. Il faut voir Axelle pour le comprendre. Se promener avec elle, c'est recevoir des fleurs qu'elle vient cueillir sur les chemins. C'est recevoir sa main dans la vôtre en un virage. C'est aussi s'arrêter pour regarder un chien, demander son nom, sa race et son âge, s'exclamer qu'il est adorable avant d'entamer une conversation avec son propriétaire, et quand tous deux repartent, s'extasier encore d'une petite araignée grimpant sur la vitre de la voiture. Axelle n'aime pas les araignées mais peu importe, il faut l'observer de près. Sur les chemins, Axelle aime danser autour des poteaux en chantonnant BTS ou des chansons françaises.

En me racontant sa fille pendant des mois, Gaëlle s'interroge à intervalles réguliers : pourquoi estimer son âge mental est-il si difficile? Gaëlle pourrait chercher sur Internet les progrès des enfants par tranche d'âge. Pour avoir une idée, s'en faire une d'Axelle, qui a onze ans mais pas vraiment. Pourquoi Gaëlle ne l'a-t-elle jamais fait? La jeune mère m'avoue que cela lui convient de ne pas savoir. Ne pas tout savoir. Elle qui vit déjà de bilans, de diagnostics perpétuels, de dossiers soumis à la Maison des personnes handicapées et d'attentes sur les parkings des cabinets. Ne pas chercher l'âge mental de sa fille, c'est avancer vers l'inconnu comme toute famille, prendre chaque jour comme il vient et ne pas donner l'impression à Axelle qu'elle doit sans cesse rattraper quelque chose qu'elle ne rattrapera jamais complètement.

Axelle ne vit pas dans le présent. Elle vit au futur, et tous doivent s'adapter. Sa maladie fait qu'elle anticipe les événements. Elle parle d'Halloween dès septembre, de Noël dix fois par jour juste après

Halloween, de son anniversaire avec huit mois d'avance, pour lequel elle annonce déjà vouloir son «gâteau préféré avec l'odeur que j'adore». Pour la faire patienter, ses parents créent alors des pré-calendriers de l'Avent, des comptes à rebours sur des papiers. Dès qu'une sortie est organisée, Axelle aborde le sujet tous les jours. La jeune fille s'inquiète de savoir si cela va bien se passer, si telle personne présente ce jour-là l'aimera toujours, si untel sera content de la voir, et, année après année, ces inquiétudes nuisent à ses apprentissages.

À la maison, cela provoque des tensions. Gaëlle et Stéphane en ont assez de lui dire qu'il faut s'armer de patience pour la moindre activité. Parfois Axelle se contient, mais une heure plus tard son insistance revient, et avec elle, ses questions. Ses parents se ferment, Axelle quitte la pièce en larmes. Pour Gaëlle, ces scènes sont des crève-cœur. Elle regrette d'avoir manqué de tact et vient présenter ses excuses, tu sais, personne n'est parfait, personne ne maîtrise totalement ses émotions, et avoir un enfant à besoins particuliers, c'est prendre sur soi chaque jour et réapprendre à communiquer.

La semaine dernière, c'est samedi, Axelle se réveille à l'aube. Il n'est même pas huit heures. La jeune fille rejoint le salon, ouvre les volets du rez-de-chaussée et lance sa série, *Henry Danger*. Dans la cuisine, elle embarque ses gâteaux et les mange sur le canapé en laissant les papiers par terre.

Elle regarde les images de la télé mais ne pense qu'à une chose : sa matinée shopping. Quand un projet l'intéresse, Axelle se couche avec les poules, pour que le temps passe plus vite. Il lui arrive d'ouvrir les volets en pleine nuit pour guetter le début du jour, quand elle ne s'incruste pas dans la chambre parentale à quatre heures du matin, sur le petit matelas du placard, là pour apaiser ses angoisses. Ce matin, elle attend en silence le moment où elle va pouvoir réveiller sœur et parents. Il est huit heures quarante-cinq, tout le monde se lève, les boutiques sont encore fermées mais Axelle tourne en boucle : quand va-t-on y aller ? quand va-t-on regarder les jouets ? Elle le répète deux cents fois avant le départ. Sa famille se prépare enfin et Axelle rit aux éclats, la journée peut commencer. Elle étreint Gaëlle en lui disant qu'elle est la meilleure, elle dit cette phrase : « Moi c'est toi que j'aime. » Axelle part chercher les bottines de sa mère, en profite pour lui redonner un câlin, le pouce en l'air, en disant : « Ça ! c'est une belle journée ! »

Pour faire de l'ordre dans ses souvenirs, Gaëlle m'écrit des e-mails quand ses filles sont couchées. Des fragments comme des histoires. En plus de nos rencontres sur les parkings, notre relation devient épistolaire. Ses messages se multiplient, un par soir, parfois six, l'écriture de Gaëlle afflue, creuse, fouaille. Je lis la vie de cette famille, c'est dense, dans tous les sens, la journée shopping, le cheval du samedi, les rendez-vous dentaires, la liste d'attente pour l'ophtalmo, la copine Alya et tout ce que Gaëlle écrit est un beau livre, mais elle, dit que non, elle ne fait que raconter sa vie.

Un mot, un seul, freine les élans de cette mère. Il est le même que pour sa fille. Ce mot qu'elle déteste et qui sort de la bouche des autres : « T'es en ULIS t'es qu'une *handicapée.* » Axelle sait que son comportement est décalé et c'est si dur à accepter qu'elle préfère ne pas parler de son syndrome, ne jamais employer « le mot en *-é* », car cela me brise le cœur, dit-elle. Un livre l'a aidée en ce sens. *La Petite Casserole d'Anatole*, d'Isabelle Carrier. L'histoire d'un petit bonhomme qui en a assez de trimballer sa casserole. Il est sympathique mais les gens se moquent de sa casserole, jusqu'à ce qu'il rencontre une petite dame qui trimballe, elle aussi, une casserole. Pendant longtemps, Axelle refusait de s'intéresser au livre. Elle ne voulait jamais l'ouvrir et puis un jour en rentrant, elle s'est mise à parler d'Anatole. Elle a dit à sa mère que le héros c'était elle en garçon, et que s'est-il passé dans sa journée pour qu'elle passe aux aveux ?

La mère d'Axelle lui a expliqué que le mot *handicapé* est un mot sans intérêt, que les adultes l'utilisent pour ranger dans des cases, qu'il sert bêtement à remplir les papiers et Gaëlle a insisté, Axelle est bien plus que ce mot, elle ne sera jamais définie par un mot mais par tous les autres, son intelligence, son humour, son espièglerie, son don de faire sourire les gens. La première fois où Gaëlle s'est heurtée à ce mot, c'était il y a onze ans, face au généticien. À l'annonce du syndrome, Gaëlle pleure, et le docteur s'étonne.

— Voyons, ne pleurez pas, ce n'est pas la peine, c'est un gentil syndrome.

— Ma fille n'a pas un rhume. Vous me dites qu'elle est malade, qu'elle sera placée dans un établissement spécialisé et ne sera jamais autonome.

Alors oui, Gaëlle pleure, qu'on la laisse faire.

Onze ans plus tard, à chaque rendez-vous médical, Gaëlle en est au même point. Son ventre se noue, ses jambes lâchent. À chaque fois que Gaëlle doit caler une séance, n'importe laquelle, quelque chose la traverse et l'écrase. Car Gaëlle se vit comme la secrétaire de son enfant. Les attentes fastidieuses, les réponses décourageantes, les rendez-vous chaque semaine, parfois à déplacer, à reporter, des comptes rendus desquels il faut faire des copies pour les confrères, et combien sont-ils en tout dans la vie de la fillette ?

Il y a la généticienne. La pédiatre. La psychologue. Mais aussi la psychomotricienne et l'ergothérapeute. L'endocrinologue de Trousseau, les pédodontistes. Les orthodontistes de Necker. Le cardiologue, l'ophtalmo. Le neuropsy et l'orthophoniste.

Avec tous ces spécialistes, pas étonnant qu'Axelle ait un emploi du temps de ministre. Le mardi, par exemple, elle quitte l'école à seize heures et doit être rentrée à temps pour son rendez-vous de seize heures quarante-cinq. Elle a vingt minutes pour poser ses affaires à la maison, changer de masque, se laver les mains, jeter un œil aux pubs dans la boîte aux lettres et goûter. Pour la pousser à se dépêcher, Gaëlle la coupe dans le récit de sa nouvelle envie qui n'en est pas une, puisqu'Axelle en parle depuis cinq jours. Le mercredi, c'est la même chose. Le vendredi aussi, dès sept heures. Des rendez-vous de villes en villes, de cabinets en cabinets, de parkings en parkings pour Gaëlle.

Avant le Covid, Gaëlle patientait dans des salles d'attente. Elle et sa fille rencontraient d'autres familles avec qui elles discutaient toutes les semaines. Depuis la pandémie, il n'y a pas d'autre choix que le parking et Gaëlle espère toujours qu'il fasse doux pour ne pas rester derrière son volant. Parfois les rendez-vous n'aboutissent à rien et Gaëlle serre les poings. Cette année le test WISC qu'une psychologue avait fait passer à Axelle n'a rien donné. Ses résultats n'ont permis aucun éclairage sur les faiblesses et les forces de la petite. La pédiatre de famille a montré aux parents d'Axelle à quoi ressemblait normalement un compte rendu complet et Gaëlle s'est décomposée, comprenant que le test avait raté. Elle était surtout triste pour Axelle qui leur fait confiance, qui se laisse toujours embarquer dans de nouveaux bilans et de nouveaux contrôles sans jamais broncher, dont elle revient toujours avec le sourire. Pour faire pratiquer le test QI de sa fille, Gaëlle a compris qu'il fallait prendre un énième créneau, chercher une énième neuropsy, voir si ça collait, attendre encore sur un parking, et pour la mère, c'est comme une pierre qui monte et glisse sans cesse sur le ventre de la colline.

Tous ces rendez-vous font comprendre une chose à Gaëlle. Il faut faire des choix dans les prises en charge. Ne garder que ce qui est important pour que sa fille se connaisse et trouve son harmonie. Gaëlle pressent qu'à l'approche de la puberté, tout va voler en éclats. Axelle n'aura plus la patience d'être la curiosité médicale. Alors demeure cette question, la même depuis sa naissance : ensemble, pourra-t-on y arriver ? Est-ce que Gaëlle devra donner encore du temps, vivre sur ces parkings, s'obliger à réduire sa liberté, ses activités, son travail, la carrière qui souffre, la dépendance financière et tout le reste invisible ?

Et Axelle, dans tout ça? Au beau milieu de ces diagnostics permanents, grandira-t-elle sereinement? Face à ces retards dont on lui parle sans discontinuer alors qu'elle n'a que onze ans, qu'adviendra-t-il d'elle dans quelques années? De sa santé, son équilibre, sa joie inégalable et son regard d'océan ?

Dans la tête de Johana

Si je dois dire la vérité, je dirai que oui, je m'en fiche un peu de la maladie d'Axelle. Plutôt qu'à ma sœur, je préfère penser à la politique. Réfléchir au réchauffement climatique ou à la place des femmes dans l'espace public. Militer pour arrêter de faire des enfants, car il est temps de penser à sauver notre planète fatiguée. Petite, je ne me souviens pas de grand-chose de la maladie. On disait d'Axelle qu'elle était handicapée et je ne le voyais pas. Oui, elle marchait bizarrement. Elle riait pour un oui ou pour un non. Mais elle ne ressemblait pas aux handicapés tels que la télé les montrait.

Pendant longtemps, j'ai été jalouse d'elle. J'enviais les attentions qu'elle recevait. Mes parents avaient beau me dire qu'on nous aimait pareil, je n'étais pas leur priorité. Il suffisait d'écouter les dialogues le temps d'un seul repas et de compter les sujets. Un ou deux, allez, me concernaient. Plus de dix pour Axelle. Les mathématiques étaient de mon côté. Alors plus je voyais qu'Axelle obtenait de l'attention, plus j'en cherchais. J'essayais d'en faire plus pour que mon prénom soit cité, et pas uniquement au moment de débarrasser la table ou de sécher les assiettes. Lorsque je guettais l'intérêt de mes parents, je le recevais, mais ce n'était pas celui que je voulais. J'espérais une attention plus sincère, moins calculée. Tandis qu'Axelle l'avait sans cesse. Peu importe si elle boudait, si elle râlait, si elle pleurait, si elle était contente d'aller faire du poney.

En plus, le cheval, c'est mon domaine. Ce sont mes camarades et mon équipe qui ont décroché les médailles en compétition officielle. Axelle regarde les médailles avec envie et admiration et mes parents sont encore capables de me dire : comprends-la, ta petite sœur voudrait avoir des récompenses elle aussi. Niveau retournement, c'est balèze.

Dans la vie, je suis introvertie. Je dis toujours que les sentiments et moi ça fait deux. J'avale les émotions des autres en silence et je ne montre rien. J'ai un visage fermé parce que je fais toujours la tête. Quand je suis en train de penser. Quand je suis frustrée, quand je suis concentrée. Ça repousse toujours un peu les gens. À l'inverse, ma sœur est ouverte, elle tend les bras à tout le monde, elle montre ses sentiments et le fait bien, elle se manifeste dès que quelque chose l'embête, elle dit quand elle a passé une bonne journée, elle frotte ses jambes quand elle est stressée : elle laisse tout paraître. Elle et moi, c'est le jour et la nuit. Et je crois que les gens préfèrent le jour parce qu'il y a la lumière et la vie.

Pour Axelle, je participe à beaucoup d'événements. Je suis nos parents qui rejoignent les réunions associatives, les sorties et les week-ends Williams. Les premières années, je n'aimais pas tellement y aller. Me retrouver avec des bénévoles, des enfants porteurs du syndrome et leurs frères et sœurs, merci du samedi. En fait, ce n'est pas que je n'aimais pas y aller. Je n'aimais pas sortir de ma zone de confort. Sur place, je ne savais jamais vers qui me tourner. Marius disait à mes parents : « Avant, Johana était toute timide, et puis après elle m'a posé des questions et puis elle a fait partie du groupe. » C'est vrai que ça a évolué. Il faut dire qu'avec le temps, des affinités se sont créées.

Dans la vie, je suis haut potentiel. Un mot trop à la mode, mais c'est vrai. J'ai passé un gros test à neuf ans et ma mère raconte que j'ai toujours dit des trucs différents. Par exemple elle dit souvent que petite, j'ai marché à douze mois, sans passer par l'étape du quatre-pattes, et à deux ans j'aurais annoncé aux parents mon envie d'arrêter les couches.

Ma mère me considère comme son égale, elle ne le dit pas mais je le sais. C'est à Axelle avant tout qu'il faut sans cesse appliquer les phrases, lui rappeler qu'on l'aime. À Axelle, maman dit souvent : « Je t'aime comme tu es », et depuis – ce n'est pas tombé dans l'oreille de n'importe qui – Axelle dit constamment : « Maman, je t'aime comme tu es », et ça nous fait tous rire, faut dire.

Ma mère a toujours essayé de m'intégrer. Dans la famille, l'association, l'école. En primaire, elle jouait les entremetteuses pour que les autres jouent avec moi, mais c'est moi qui ne voulais pas, il fallait voir le niveau des jeux. C'est vrai que j'observe tout. Je sais que les pupilles de ma mère s'agrandissent largement dans le noir, je sais quand par stress Axelle se gratte la jambe, je l'ai dit déjà, et puis je pose des questions, beaucoup, même quand ça ne plaît pas. Un jour, en classe, j'ai demandé au prof combien d'attentats il avait vécu dans son enfance. Moi, j'ai répondu deux, et tout le monde m'a regardé bizarre.

Ce week-end, j'ai rencontré Théo Curin, ce jeune nageur qui à six ans, après une méningite, s'est fait amputer des bras et des jambes. Après sa traversée du lac Titicaca, Théo est venu rencontrer les enfants. Il s'est montré trop sympa. Pendant les questions de groupe, Axelle a posé la sienne. Théo a-t-il déjà perdu quelqu'un de cher ? Ma mère m'a regardée, rictus aux lèvres. On savait, elle comme moi, qu'Axelle pensait à notre grand-mère. Axelle tourne en boucle, c'est dans son caractère, ou dans celui du syndrome. Je ne sais pas. J'ai passé l'après-midi à m'ennuyer. Il faut dire qu'on est arrivés à dix heures quarante-cinq et qu'après le déjeuner, ça commençait à faire long. J'ai compté les heures qui restaient. En plus il pleuvait. Impossible de prendre l'air ou d'essayer les attractions. J'étais sûre en plus qu'Axelle allait pleurer avant le départ. Pendant que les familles parlaient de leurs vies, j'étais isolée près du buffet, sur ma chaise, en silence, à attendre que ça se passe, près des enfants heureux de se retrouver. Axelle, elle, jouait avec Olivia et un nouveau prénommé Matthias. Je crois qu'Olivia et ma sœur ont eu le béguin pour lui. Les parents riaient de ces trois-là. Ils parlaient du premier couple à trois de l'association. Ils rigolaient tous. Moi, j'attendais vraiment que ça se passe.

Après les échanges, Théo et les enfants sont partis faire des manèges sous la flotte en mode K-Way. Pour la pluie, j'ai dit non merci, et les groupes se sont composés. Les ados dont Marius, Arthur, Charles, Valentin, Erwann. Puis les petits dont Axelle. Elle ne m'a pas adressé la parole de l'après-midi. Elle était toujours fourrée avec Olivia près des toilettes et ça m'a étonnée : entre elles, c'est chien et chat d'habitude. Mais elles se ressemblent beaucoup. Même syndrome, même caractère. Même physiquement, c'est bluffant. Olivia est passée devant les caméras de TF1 parce qu'un documentaire se tournait au même moment sur le parcours de Théo Curin. Olivia parle toujours bien. Elle est hyper souriante, mignonne comme tout, même avec ses bagues aux dents. C'est elle aussi qui a prêté son visage pour la pub du conte de Noël que t'as écrit, Julien, je crois.

Dans l'après-midi le journaliste m'a glissé à l'oreille que si je le voulais, j'allais moi aussi parler devant la caméra. Parler du syndrome et de ma sœur, évidemment. Pas de moi et de ma vie sans histoires. Le mec derrière son engin m'a demandé mon accord et je le lui ai donné. Sauf que j'étais trop stressée. Pas tous les jours qu'on apparaît sur une chaîne nationale. J'ai attendu une heure, puis une suivante. Toujours pas mon tour. Le cameraman filmait les enfants atteints par la maladie. Il faisait des plans larges. Il cherchait où était Théo, avec qui, de quoi ils parlaient, si c'était intéressant, s'il y avait de quoi faire des images.

Le cameraman a fini par m'oublier. Je me suis sentie bête. J'avais préparé une réplique avec Séverine, une maman de l'association qui écrit des textes sur les enfants. Cette phrase, je l'avais retranscrite sur mon téléphone. Je l'avais mémorisée, pour la réciter ou presque, en mode naturel. Une phrase sur le courage d'être soi. Quelque chose de pas mal. Mais au bout du compte, jamais personne ne l'entendra.

J'aime Axelle mais comme le reste, je montre pas. Elle m'aime aussi mais face à mon comportement à la dure, elle ose pas. Elle me voit comme un modèle. Elle s'est mise à l'équitation, je l'ai déjà dit. Est-ce qu'elle accomplit d'autres choses comme moi ? Je n'y fais pas attention. Si, Axelle aime les mêmes jeux vidéo ou les animés que je regarde. La plupart du temps, je ne m'en rends pas compte.

Parfois, je me sens égoïste d'en vouloir à ma petite sœur pour des choses qu'elle ne maîtrise pas. Quand elle râle pour des trucs sans importance, manger, se laver, ranger un vêtement, ça me fait bouillonner. Quand Axelle doit se brosser les dents et qu'elle esquive. Au lieu de la sermonner, mes parents sourient. Ils font souvent ça. Ils rient aux choses qu'elle est censée faire et qu'elle ne fait pas. Mes parents ont jeté l'éponge, en fait. Ce qui m'énerve le plus, ce sont ses attitudes à table. Quand elle en met partout, ça me rend dingue. Elle n'a pas quatre ans, quand même. Quand je dois à la fois mettre la table et la débarrasser tandis qu'elle est toujours dispensée. À chaque fois, de l'intérieur, je bous puis ça redescend, toujours, j'y repense et je me dis que c'est comme ça, c'est Axelle, mes parents et moi.

Je sais que c'est très dur pour elle. Pour s'adapter, pour marcher, pour l'école. Pour les trucs les plus simples de la vie de tous les jours. Taper un message ou écrire un mot sur l'ordinateur. Des trucs auxquels je n'ai jamais eu à penser. Pour les messages, Axelle doit appuyer sur le bouton central du téléphone et demander à Siri quoi dire. Ou demander à ma mère de boutonner son pantalon parce qu'elle ne sait pas encore faire. Alors souvent, pour avoir la paix, ma mère maligne lui en achète à pressions.

À l'école, je réussis facilement et sans effort. Axelle a beau fournir tous les efforts du monde, ça foire. Souvent ça la fait culpabiliser, genre boudeur, les bras croisés. Au point qu'elle se met à me provoquer : «Moi aussi je sais faire, moi aussi je peux faire, si! c'est vrai! je peux faire!», et je lui réponds que non, c'est pas vrai, elle peut pas du tout, et Axelle se met à pleurer et je finis par être la méchante. Quand Axelle réussit une action sans intérêt, comme mettre son assiette dans le lave-vaisselle, mes parents la couvrent de «bravo!», «génial!», «tope là!» et moi, je dois me contenter d'habituels «c'est bien», même quand j'ai 16/20 dans les matières que je déteste.

Il y a un fossé entre ma sœur et moi. Plus qu'un fossé. C'est le vide. L'âge, les centres d'intérêt, la maturité. Je suis en avance, elle est en retard. Mais je mentirais si je disais que des liens ne se créent pas petit à petit. Surtout cette année, avec ses progrès en cheval et sa passion pour la K-pop ou les animés. Je laisse Axelle regarder avec moi maintenant, ça ne me dérange pas. À ce sujet, l'autre soir, elle me disait que pour Noël elle avait commandé une figurine à l'effigie de Gaara, un personnage de *Naruto*. Je lui ai dit que c'était l'un de mes personnages préférés, elle a rétorqué qu'elle aussi! Je savais qu'elle mentait. Alors, dans son dos, ma mère m'a avoué que c'était la dernière figurine disponible sur le site de la Fnac et qu'Axelle ne la voulait pas, qu'elle aurait préféré Sarada. Ça, par exemple, c'est ma sœur tout craché.

Au début, je me demandais comment serait notre famille si Axelle n'avait pas son handicap. J'imaginais nos dimanches, nos vacances, nos moments comme ça. Aujourd'hui je ne me pose plus la question. Parce que ce ne serait pas Axelle. Parce que ce serait quelqu'un d'autre. Mais si elle n'avait pas été atteinte de la maladie, comment aurait été ma vie ? Est-ce que je ferais tout pareil ? Je ne pense pas. Je crois que dans cette vie, j'aurais été encore plus solitaire. J'aurais mené ma route, elle la sienne. Dans un sens, le syndrome nous a rapprochées, elle et moi.

Un jour, il y a quatre ans, j'ai écrit une lettre au président de la République pour demander que la France trouve un remède au syndrome. Mes parents trouvaient ça mignon, si bien que la lettre est restée deux ans sur le frigo. Et puis, un jour, papy m'a dit qu'il fallait que je l'envoie au président, parce que c'était bien dit et très important. Alors pour l'occasion j'en ai écrit une bien mieux et je l'ai envoyée à l'Élysée.

Souvent je me demande si quand on grandira je devrai m'occuper d'Axelle. Si ce sera mon tour. Si elle sera comme mon enfant, quoi. Dans ma chambre, j'ai calculé l'âge moyen de décès des Français pour savoir à quel moment, après la mort statistique de mes parents, ce serait à moi de gérer. J'ai fait les comptes, maintenant je sais. Alors, l'an dernier, j'ai pris une grande décision. Je vais me lancer dans une carrière qui paie bien pour qu'Axelle ne manque de rien.

Ah, et au fait, la phrase que je voulais dire à la caméra, c'est : « Parce que Théo Curin prouve par son courage que le handicap n'arrête rien ni personne, la prouesse n'est pas réservée qu'aux autres. » Au moins je ne l'ai pas inventée pour rien, MDR.

24/02/2018

Cher président de la République,

Je m'appelle Johana, j'ai 10 ans.
J'ai une petite soeur de 7 ans, ayant un problème génétique : la maladie Williams & Beuren.
J'aimerais qu'il y ait plus de recherche,
qu'il y ait plus de médecin, scientifique, etc... travaillant sur cette maladie du Syndrome des Williams et Beuren.
afin de trouver un remède s'il vous plait.

Merci.

Johana

PS : J'avais déja voulu envoyé une lettre de ce genre étant petite. Je l'ai collé derrière.

Interlude

Entre chaque porte et chaque enfant, j'accomplis si peu, tout en suspens, des heures pointillées sans penser à rien d'autre qu'à ces enfants – je m'occupe aux petits riens de la vie, j'écris, je dors, je retranscris, je note des détails insignifiants, le chat d'Enzo s'appelle Sweetie, j'avais oublié de l'écrire, je couche les pièces du puzzle en essayant de les relier, je demande à Anne-Laure si elle est libre mardi midi, je regarde une énième fois Gaëlle sur ses parkings, je note sur mon calepin *stage Marius Pavillon Ledoyen*, j'envoie un e-mail à Sylvie pour lui dire merci, je lis l'étude *Williams Syndrome: 15 years of psychological research*, je voudrais poser mille questions scientifiques à François et les recopier ici, je les griffonne et pour la plupart je les oublie, je me prépare à la prochaine histoire, à la prochaine confidence et comment ça va se passer, faudra-t-il mettre en confiance, faudra-t-il apprivoiser ; avec Gaëlle, nous venons à peine de terminer et à chaque fois, c'est la même impossibilité, quoi dire aux familles quand ça s'achève, que j'ai eu mon compte, que j'ai ce qu'il faut, que j'en ai assez, aucune de ces formules ne me plaît et parfois ça continue plus qu'il ne faudrait, je n'arrive pas à les laisser, ça dure des semaines, des mois, je n'arrive pas à les quitter mais je dois continuer d'explorer, alors dimanche j'écrirai à Marie et à son père Patrick pour savoir s'ils accepteraient de parler, encore un de ces e-mails introductifs que je déteste préparer, j'expliquerai le livre, ce que j'imagine de lui, un livre sur nos différences, sur la résilience, je préfère le mot *endurance*, j'envoie, tant pis, Patrick me répond, la matinée du mercredi 8, je dis oui avec plaisir, je note *mercredi 8 Patrick*, je note *Marie*, mais avant de passer à sa vie, je retourne à celle de Carine et je lui dis que je pense à elle à chaque chimio chaque mercredi.

La singulière

Ce premier mercredi, Marie est là, et que dire d'elle en une phrase ? Comment la raconter au plus près en si peu de mots ? Marie est un étonnement, et quand je la rencontre pour la première fois, je ne sais rien encore de l'émerveillement. Marie aime le violoncelle autant que les sorties entre copines. Les musées, les opéras autant que les manuels de cours et les tutos maquillage. Marie a quinze ans et le violoncelle et le maquillage, c'est Patrick qui m'en parle. En guise de préambule ou par habitude, j'entame la conversation avec le parent, en l'occurrence le père de Marie.

Avec elle, pourtant, un cran est passé. Je me retrouve à l'adolescence, avec des enfants qui ne le sont plus vraiment, des jeunes qui vont se dire ou retenir, dissimuler ou m'emporter tout droit dans leurs vies et il me faut du temps pour prendre conscience que dans l'écriture, maintenant, tout sera différent. Avec Patrick déjà, c'est un tourbillon. Trois heures à raconter Marie sans pause, sans blanc, sans répéter à chaque fois la même chose, comme cela arrive tant. Trois heures, l'entrée en scène d'une jeune fille, son originalité, son talent, sa grâce et sa fragilité. Patrick est à ce point fier de sa fille unique que derrière chaque phrase, il y a un superlatif.

Devant moi, plus tard, tout ce que dit Patrick, je le vois. Marie me regarde, son large pull-over le long du corps, son visage minuscule comme l'est sa nuque d'oisillon, ses cheveux longs et raides, ses yeux timides aux bords verts, sa bouche laconique qui au début se contente de dire *oui* – mais elle dit *non* quand il faut aussi. Au premier abord, Marie n'est pas une adolescente expansive. Patrick m'avait dit à quel point ma venue était attendue et alors, comme toujours avec ces enfants, j'imaginais débarquer en terrain conquis, face à une jeune fille qui me tendrait les bras à la manière d'Axelle, ou sourirait à s'en faire mal comme Marius, ou bien me soufflerait à l'oreille que « c'est un honneur » de me rencontrer, ça c'est Arthur, et j'ai hâte aussi d'en arriver à lui.

Mais Marie est différente. Sa joie, elle l'intériorise. Elle ne souffle pas à l'oreille, elle ne tend pas les bras, pas tout de suite. Elle réfléchit aux questions, il y a des silences. Bien sûr je vois dans ses yeux son implication, sa manière de surélever sa tête, de fixer son attention sur ma voix. Marie est une discrète. Peut-être a-t-elle appris à l'être.

Parmi les milliers de choses qu'elle a apprises avec son père ou sa mère.

La différence est partout dans la vie de Marie, à commencer par la maladie. Détectée à trois semaines par sa propre mère, pédiatre, Marie a toujours refusé de se réduire à son syndrome, ses parents aussi. À force de travail et de volonté, Marie n'a pas eu besoin d'entrer dans une classe spécialisée et la jeune fille a suivi jusqu'au collège une scolarité classique, pour ne pas dire exemplaire. En classe de troisième générale, Marie passe le brevet et elle l'obtient, mention Bien. Ce n'est pas une vague anecdote jetée en l'air. Dans le canevas de la maladie, c'est plus qu'une performance, c'est un exploit.

À mots chuchotés, Marie me raconte la scène, probablement la plus belle de sa vie. Elle est en pleine randonnée avec ses parents, leurs téléphones sont coupés; Patrick rallume rapidement le sien pour voir si les résultats du brevet sont annoncés. Il s'éloigne pour capturer un peu de 4G et se tourne tout à trac vers sa fille. Marie, tu as eu ton brevet. Tu as eu mention Bien, Marie. Et la jeune fille se fige sur un rocher sans y croire. Une mention Bien, impensable. Marie regarde sa mère en disant, ce n'est pas possible, il y a une erreur, ils se sont trompés.

Depuis qu'elle est petite, Marie dit cette phrase pour se définir : «Je suis ce que je suis», «Je sais qui est Marie». C'est dire à quel point pour elle la maladie n'est pas une interrogation, c'est un trait hérité de la naissance comme un grain de beauté, un coup du sort qu'elle a depuis longtemps dompté. Alors aujourd'hui, Marie doit vivre avec le fait que les gens ne la prennent pas immédiatement pour une jeune fille atteinte d'un handicap. Pour preuve, ses résultats scolaires, son langage élaboré, ses traits fins, son attention aux choses. Marie est autonome maintenant et de tous ceux que je connais, je crois qu'elle est véritablement la seule à l'être. Elle prend le bus et le métro. Quand il lui arrive de faire un grand trajet, ses parents le font une fois avec elle, pour que Marie trouve ses repères. Un jour Isabelle, sa mère, avait confondu le nom d'une station avec un autre et, le jour de sa sortie, Marie s'était retrouvée au fin fond de la banlieue parisienne, à l'exact inverse du lieu où elle devait se rendre. Perdue, Marie n'avait pas paniqué. Elle avait fait de son orientation, de sa faculté à aborder les gens, une boussole et en une heure, elle était arrivée à bon port, rectifiant l'erreur de sa mère.

Après le collège, Marie n'est pas allée au lycée. L'Éducation nationale y était pourtant favorable mais ses parents, qui l'encouragent à mener sa vie comme les autres, savaient à quel point là-bas le niveau serait plus élevé. Il faut voir comment Marie a trimé pour obtenir le brevet avec les honneurs. Des révisions dix heures par jour, tous les week-ends de l'année, sous la supervision d'Isabelle. Marie aurait pu cravacher une fois de plus mais ses parents refusaient que leur fille se heurte à un mur indépassable. Marie s'est alors orientée en CAP petite enfance. Il n'y a qu'à regarder les yeux illuminés de Marie quand elle l'évoque. Quand elle parle des bébés, elle qui depuis le plus jeune âge se voit maman comme les autres.

Pour décrocher son CAP, Marie continue de bosser d'arrache-pied. Elle vient de terminer un stage dans une maternelle et, sur place, toute l'équipe était ravie. On l'a complimentée pour son énergie, sa disponibilité, sa proximité avec les enfants sans tomber dans le maternage. Marie vient d'en achever un autre, en crèche, et ça ne s'est pas tellement bien passé. La directrice n'a pas pris la mesure du syndrome de Marie. Elle n'était pour elle qu'une adolescente sérieuse, gentille, discrète, comme les autres. Mais chez Marie le syndrome restera tapi sous la peau. Ses difficultés motrices, son incapacité à porter des paquets de plusieurs kilos, ses lacunes en écriture, sa fatigabilité, sa façon lente de marcher, sa manière de voir dans des dessins d'oiseaux ou d'éléphant de véritables animaux.

Quand la directrice a dit, catégorique, que ce métier n'était pas fait pour elle, Marie a pris une journée pour encaisser. Malmenée, elle n'a eu besoin que de quelques heures pour revenir dans la cuisine : non, je serai puéricultrice et personne ne pourra m'en empêcher. Patrick a souri. Mais il a compris ce jour-là que Marie était hors catégorie : trop évoluée pour les structures spécialisées, peut-être pas encore assez pour les autres, et tout aussitôt, au-dessus de la table, le père a confié à sa fille que lorsqu'il était au lycée, ses professeurs lui disaient qu'il ne pourrait être qu'éboueur. Marie a souri à son tour, elle sait que son père a connu mille vies.

Patrick a fait médecine et les Beaux-Arts. Il est docteur en chirurgie dentaire, criminologue, travaille comme préhistorien au ministère de la Culture ainsi qu'en tant qu'enseignant-chercheur au sein du laboratoire d'anthropologie médico-légale de Paris Ouest; il a d'ailleurs rejoint les recherches du médecin légiste Philippe Charlier. Plusieurs fois dans l'année, Patrick étudie les restes anciens de grands personnages, et Marie est la première à écouter ses histoires. Son père vient d'exhumer le corps de René Descartes, il y a un mois de cela, dans l'église Saint-Germain-des-Prés, et s'apprête à partir à Sainte-Hélène pour étudier celui de Napoléon. Patrick a déjà étudié la tête d'Henri IV, les cœurs de Louis XIII et Louis XIV, les restes d'Agnès Sorel et même ceux d'Hitler. C'était à la Loubianka, l'ancien quartier général du KGB à Moscou, dans les sous-sols, il y a quatre ans. Son étude a permis de confirmer qu'il s'agissait bien du corps du dictateur, même s'il ne reste plus grand-chose de sa dépouille, à part des maxillaires et des prothèses dentaires. Dans son tartre, quelques fibres végétales ont été retrouvées, démontrant qu'Hitler était végétarien. Sur un de ses bridges demeuraient des particules bleues qui, à en juger par la précipitation survenue entre l'acide cyanurique et les particules de fer contenues dans l'alliage métallique de la prothèse, étaient les morceaux de la capsule de cyanure qu'Hitler avait croquée le jour de son suicide.

— Grâce à une technique d'identification de protéine, on a pu prouver que Louis XVI était diabétique. On a retrouvé des acariens dans le tartre dentaire d'Agnès Sorel et conclu à une ascaridiose, une maladie intestinale qu'elle soignait avec des sels de mercure. Mais, au vu de la dose massive, nous pensons que la favorite de Charles VII a été empoisonnée.

Patrick est un couteau suisse, et il est sûrement pour beaucoup dans les avancées de sa fille. Il suffit de voir les nombreux regards que Marie adresse à son père, son mentor, quand elle me parle. Dans la chambre de la jeune fille, il y a autant de livres pour adolescents que d'objets à la gloire de son père : ses dessins, inspirés du glacis et de la tempera, ses trophées quand il évoluait en équipe de France d'escrime juniors ou ceux des Jeux mondiaux de la médecine. Parmi les vestiges, il y a aussi J. K. Rowling. Marie a lu plus de cent fois *Harry Potter*. Car Marie lit, et lit beaucoup. De la littérature fantastique, des histoires de sorcières, et même les romans de Victor Hugo, dont elle retient étonnamment les intrigues complexes. Alors, pour la complimenter, je lui dis :

— Tu sais, j'ai été prof de lettres pendant plusieurs années, et je serais bien incapable de te faire un résumé de *Notre-Dame de Paris*.

— Et des *Misérables* ?, me demande Marie.

Je souris à la jeune fille, en pensant que jamais j'aurais cru parler de littérature romantique à quiconque porteur du syndrome.

Quand Marie est née, son père s'est juré d'accomplir l'impossible. De franchir des montagnes pour se sentir de taille à éduquer une enfant atteinte d'une maladie rare. Ce n'est pas sur une montagne que Patrick a marché, mais sur le pôle Nord, en expédition des semaines dans un océan gelé par moins trente degrés.

En écoutant cet homme me raconter ses passions, ses métiers, ses exploits sportifs, je comprends que Marie a vu une voie s'ouvrir parmi les obstacles, que le boulevard s'est pavé, la route s'est éclairée et que la jeune fille a suivi le dicton de son père, année après année :

— Faire du mieux qu'on peut, car rien n'est jamais dicté.

Grâce à sa profession, Patrick a pu étudier le syndrome de sa fille.

— Toutes les maladies génétiques ont une incidence sur la denture, m'explique-t-il. C'est aussi le cas des personnes atteintes du syndrome de Williams, qui présentent une microdontie à surface rugueuse, des dents espacées, des incisives petites et pointues et des molaires plus bombées. Un enfant sur deux présente un cas d'agénésie sur les dents permanentes, soit des absences de squelette, des dents manquantes ou retenues dans la gencive.

Selon Patrick, le mauvais alignement des dents est le reflet de leurs retards de croissance et dans leurs acquisitions. Ces enfants dépourvus de tonicité musculaire ont une bouche plus ouverte, une béance dentaire et une langue plus basse qu'elle ne l'est chez les autres. Chez eux, la déglutition reste primaire : leur langue se place entre les dents, tandis qu'elle devrait, dès l'âge de six ans, s'appuyer au niveau du palais.

— Comme nous déglutissons cinq cents à mille cinq cents fois par jour, une stimulation osseuse se crée au niveau du visage. Pas chez les enfants porteurs. Petit à petit leurs dents se poussent et s'écartent vers l'avant. Puis c'est leurs têtes. Parce que leurs langues restent basses, il n'y a pas de soutien, et leurs têtes alors ont tendance à ployer vers l'avant.

Certaines malformations peuvent se corriger. Depuis douze ans, Marie porte une gouttière souple qui lui permet de stimuler ses lèvres et sa langue. Ses dents se sont alignées, et le reste aussi. Son port de tête, son équilibre, sa bouche fermée et sa tonicité.

— Car la béance dentaire est synonyme de vide pour le cerveau, il n'y associe rien. Pour moi, cette béance explique que ces enfants sont plus dans la lune que les autres, sans réelle conscience de leur corps et de l'espace. Avec la gouttière portée par Marie, l'espace se remplit et les dents se touchent : le cerveau l'identifie, et initie alors ce qu'aurait dû être la croissance. L'enfant prend enfin conscience de ce qu'il est.

L'astuce de la gouttière, Patrick la tient du parrain de Marie. Il fait sa connaissance au cours de sa première exploration polaire sur la terre vierge de Baffin, au nord du Canada. Pendant la traversée, Patrick rencontre deux explorateurs, français comme lui, à qui il décide de filer un coup de main pour monter leur camp de base. Patrick les quitte au bout de deux jours et perd contact. Des mois passent, et Patrick apprend par une connaissance que les autorités canadiennes ont perdu la trace de deux explorateurs sur la terre de Baffin. Patrick est chamboulé, persuadé qu'il s'agit là des deux Français. Trois ans plus tard, il tombe à la télévision sur un documentaire et à l'écran, Patrick reconnaît Arnaud, l'un des explorateurs qu'il croyait disparus. Il décide de renouer immédiatement avec son camarade d'aventure.

Hasard ou non, Arnaud travaille comme lui sur la dentition, pour les athlètes de l'écurie de ski Salomon et des structures pour handicapés. Grâce à lui, Patrick apprend cette donnée essentielle à la vie de sa fille : tout part de notre sphère oro-faciale. L'apprentissage du corps passe par nos bouches. Nos premières tonicités, nos succions de bébé, nos premiers éveils. Peu à peu, l'apprentissage s'étend à la tonicité des lèvres, de la langue, des joues, etc. Cette prise de conscience s'illustre aussi lorsqu'à l'âge de raison les molaires définitives poussent. Cette poussée correspond à un âge où l'enfant s'incarne et s'ancre, car les molaires représentent nos piliers.

Chez Marie et les autres, ces stades n'existent pas, ou peu. Il faut les stimuler, et, aujourd'hui, Patrick y croit dur comme fer :

— Si ma fille est aussi autonome, c'est qu'elle a bénéficié de ces stimulations oro-faciales depuis l'âge de deux ans.

Il faut comprendre que Marie n'est pas moins atteinte par la maladie que les autres. Si Marie parle et se déplace librement, elle n'est pas pour autant touchée à un moindre degré par le syndrome. Alors d'où vient sa singularité ? De la gouttière buccale ? Des patchs en céramique qu'Arnaud place sur son corps pour la stimuler ? Quand Marie court, le mouvement est de travers, les gestes dans tous les sens. Quand Marie court avec ses patchs, c'est vrai que sa démarche est assurée, droite, et toutes les difficultés motrices s'en trouvent comme corrigées.

— Et puis Marie est aidée par les massages de la méthode Padovan. Ces techniques permettent de rééduquer le système nerveux et d'activer les chaînes neuromusculaires en revenant sur les étapes de maturation de l'enfant : les premiers mouvements, le ramper, le rouler, le quatre-pattes, etc.

Outre ces accompagnements précieux, Marie est, je crois, le fruit d'une éducation. Elle est le résultat d'un milieu, d'une classe sociale, d'une mère pédiatre et d'un père chercheur, d'un déterminisme « par le haut ». Marie est aussi le fruit d'une volonté de fer manifestée par deux parents déterminés qui ont en commun la valeur accordée au travail et à l'effort. Sa mère la fait réviser de neuf à dix-huit heures chaque week-end l'année de son brevet. Son père allège son temps de travail et consacre tous ses mercredis à sa fille : musées, cinéma, théâtre, librairies, pour fabriquer à sa fille des souvenirs, le plus possible.

À quinze ans, Marie en a plein, et ça l'enrichit. Sa tête est une mappemonde de moments partagés avec ses parents, des lectures dans le canapé aux randonnées que Marie n'aime pas tellement mais qu'elle fait pour ceux qui l'élèvent. Avec sa mère, les pièces de théâtre deux samedis par mois – Marie adore *Les Fourberies de Scapin*. Avec son père, le Louvre, la pêche en mer ou à la mouche en remontant les torrents, et sur place Marie en profite pour apprendre encore, cette fois les noms des poissons : tiens, une girelle ; voilà une truite fario.

Encore un fait qui illustre sa singularité : Marie apprend à deux ans le violoncelle avec la méthode Suzuki, se définissant par une immersion tôt dans le milieu musical, l'abandon des tests d'aptitude et des auditions – idéal pour une enfant comme Marie, et puis l'écoute plutôt que la lecture de partitions car dans ce courant pédagogique, la musique est vue comme un langage. Très vite, avec l'aide de son père, Marie dompte la méthode Suzuki. Elle s'affranchit des cours de solfège et commence à jouer en reproduisant des sons, des onomatopées, des bruits d'animaux et Patrick n'en revient pas de voir sa petite fille capable de décrypter une partition, d'identifier ses airs avant de les reproduire le lendemain ou un an plus tard, à la perfection.

Malgré l'éducation au cordeau, Marie reste une adolescente comme les autres. Une ado qui préfère rêvasser ou lire *Harry Potter* plutôt que de travailler son violoncelle. Cela fait des années qu'elle apprend, Marie en a marre à présent. Elle voudrait se consacrer à d'autres choses, et il faut la comprendre : elle préfère maintenant la pop et le rock anglais, Muse, les Cure ou Queen. À quinze ans, comme toutes les filles, Marie fait attention à son image. La coquette est capable de regarder des heures durant sur YouTube des tutoriels de maquillage, en particulier ceux de Sananas et de Cynthia Dulude, pour refaire une composition à la perfection. Assurer le trait de crayon, mélanger les fards, choisir le bon fond de teint, valoriser les pommettes et légèrement la bouche. Marie sait le faire. Elle apprend en autodidacte. Des maquillages naturels, des couleurs dorées, rosées, des crèmes matifiantes. Mais elle ne se maquille que le week-end. Elle n'en a pas le temps le reste de la semaine.

Marie a conscience du regard de l'autre. Ce n'est pas un sujet tabou pour elle. Elle sait que les autres fixent sa petite taille et ses mouvements saccadés. Elle ne le prend jamais mal. Depuis l'enfance, Marie sait qu'il y a cette maladie, que c'est comme ça, qu'il n'y a pas d'autre choix à la carte. Quand, à six ans, sa puberté se déclenche et qu'on lui dit qu'elle devra prendre un produit douloureux tous les trois mois pour l'endiguer, Marie accepte. Elle est préparée. Alors, avec les années, Marie inverse l'équation. Sa maladie est un don, et c'est tout. C'est comme ça qu'elle en parle. Son oreille absolue, son regard positif, son empathie, sa capacité à se faire plein d'amis comme celle d'apaiser les gens aussi bien que les animaux. Marie me répète cette phrase, et cela résonne comme un mantra :

— Je suis pas n'importe qui…

À présent, Marie ne voit plus beaucoup les armées de médecins qui ont jalonné son passé. Jusqu'à peu, elle s'injectait des piqûres d'hormones de croissance, car à douze ans elle ne mesurait qu'un mètre quarante-cinq. Sa taille est son plus grand complexe. Quand elle m'en parle, Marie fait traîner sa voix, révèle sa vulnérabilité. Avec son stylo d'hormones, la jeune fille se piquait seule tous les jours, dans les jambes. En deux ans, le procédé a permis à Marie de gagner quatre centimètres. Mais plus elle en gagnait, plus ceux-là étaient durs à obtenir. Quand elle n'a plus gagné qu'un centimètre tous les huit mois, Marie a dû jeter l'éponge. C'était dur, mais Marie a avancé. Aujourd'hui, elle mesure un mètre cinquante-deux. Elle aurait tant aimé atteindre le mètre cinquante-cinq. Elle déteste ne pas y être arrivée. Marie a l'impression d'être « une chose riquiqui », ça la frustre. Elle voudrait être capable d'attraper elle-même les paquets de nourriture dans le placard. Être capable, encore une fois.

Beaucoup d'enfants porteurs du syndrome tombent en dépression à l'adolescence. Ce n'est pas le cas de Marie, qu'il faut néanmoins rassurer sur ses capacités. Ses doudous l'apaisent, et elle est la première à dire que c'est un peu étrange d'avoir des peluches à son âge. Si Marie déjoue les troubles dépressifs, c'est peut-être parce qu'elle n'a pas vécu de rupture scolaire. Marie a eu la chance d'être dans la même classe, entourée des mêmes camarades, du CP jusqu'à la troisième. Les autres l'ont toujours considérée comme l'une des leurs, à la différence de ceux arrivant dans le bain du collège ou dans une section spécialisée.

Entre le collège et le CAP, Marie s'est s'inquiétée. Ses parents lui ont toujours répété que le monde était dangereux, qu'il ne fallait jamais baisser sa garde. Mais la transition s'est faite sans heurt et Marie a conservé les liens avec ses copines. Dans Paris, Marie retrouve Savannah, Johanna, ou Athéna qui veut faire du droit. Peu importe le quartier, du moment qu'elles sont ensemble. Elles font du shopping, le groupe suit la jeune fille dans les Sephora, Kiko, MAC et Marie présente d'un ton docte les produits sur les étals.

Si la jeune fille évolue à contre-courant du syndrome, elle a les mêmes marottes que les autres enfants porteurs. Comme Thomas, Axelle ou Enzo, cette admiration sans borne pour les animaux. Marie crée des relations avec eux. Les animaux vont à elle, comme dans un conte de fées. Un chien dans la rue, un âne dans le pré, un oiseau dans la cour. Tous paraissent aimantés à son contact. Ils s'apaisent ou se couchent à ses pieds. Marie a choyé neuf années durant un lapin baptisé Pirate. Le lapin vient de mourir, et Marie en est inconsolable car elle a perdu un être cher, un compagnon, un ami, et qui pourrait considérer le contraire ? Quand Marie a reçu Pirate dans sa boîte il y a neuf ans, Patrick et sa femme s'en souviennent, autant vexés qu'amusés, la petite avait dit :

— Ma vie avant Pirate, c'était pfffff… !

À la fin du collège, Marie a fait un stage chez une vétérinaire. Elle l'assistait, discutait avec les propriétaires des animaux, témoignait de la castration d'un chat et malgré l'inquiétude de sa mère, ça ne lui faisait ni chaud ni froid. Marie me dit que c'était «banal» car elle n'a peur de rien. Sauf d'une chose : la mort. À la fin du stage, la vétérinaire a confirmé la relation extraordinaire que Marie entretient avec les animaux. Au terme du rapport, elle a écrit n'avoir jamais eu d'élève aussi formidable.

Marie sait que les études vétérinaires auraient été compliquées pour elle. Encore une fois, elle s'était préparée. La voie de la puériculture n'a jamais été son plan B. Marie ne vit pas dans le regret ou la jérémiade. Elle sait qu'il lui faut des projets à sa portée. Dans sa formation aux métiers de la petite enfance, Marie apprend les examens de grossesse, les étapes du développement de l'enfant, la PMI, l'appareil digestif, comment tenir ou changer un bébé. Marie a un seul but : devenir auxiliaire de puériculture dans les maternités. Surtout pas en crèche, car la garde l'ennuie et le bruit des enfants lui perce les tympans, comme c'est aussi le cas de la radio, des perceuses ou du sèche-cheveux. Marie s'y voit, dans les couloirs d'une belle et vaste maternité. Témoigner de la naissance. Être présente à l'origine. Assister l'obstétricien pendant l'accouchement. Donner les premiers soins. Peser les bébés, les mesurer, préparer les biberons. L'année prochaine, Marie saura si son rêve sera enfin exaucé. Elle est la première à y croire. Et ce n'est plus une croyance, à ce stade. Marie travaille, elle étudie sans relâche. Depuis le début, la jeune fille a toujours fait en sorte de dépasser l'indépassable.

Les voitures, les églises et les grilles de lycées

La boucle digne de Jim Morrison, les lunettes rondes façon Harry Potter, l'air nonchalant adolescent et puis ces yeux noirs, si rares dans cet océan de bleu. Chez Arthur, ça me frappe. La même voix, les mêmes expressions, le même langage corporel que Marius. Des frères comme des jumeaux cachés. D'ailleurs leurs mères sont meilleures amies et s'appellent Anne-Laure.

Arthur a seize ans et c'est un charmeur. Un joli cœur sans le baratin. Un cœur battant qui s'entiche tous les jours, d'une histoire ou d'une fille croisée quelque part, généralement dans son quartier, au Starbucks où il se rend le soir avec ses copains ou au skatepark où il aime regarder les as de la roulette commettre leurs exploits.

Arthur a l'âge des grands émois comme on les a connus tous, des pincements autant que des coups de foudre dans les couloirs et il les cherche, en une quête infinie, un millier de battements intérieurs qu'il crée en musique. De par sa différence, l'adolescent est un Casanova inoffensif et les filles le savent. Toutes viennent à lui. Des filles qui se ressemblent d'ailleurs, le regard bleu, les cheveux longs foncés, la taille moyenne : il semble qu'Arthur ait un type. Sa mère Anne-Laure me dit que son fils est un dérivatif pour elles. Elles s'intéressent à lui par simple gentillesse et maintenant qu'il est grand, est-ce que le jeune homme le comprend ? Est-ce qu'Arthur est capable d'appréhender des sentiments tels que la charité, la pitié, ou même l'apitoiement ?

Cet été au palais des Papes, Arthur, loquace comme les autres enfants porteurs, demandant aux visiteurs leur avis sur telle statue, telle salle, tel tableau, a rencontré une jeune fille qui visitait le musée avec ses parents. L'adolescente a trouvé Arthur amusant, charmant peut-être, avec ses mots attentionnés, ses grands sourires, ses boucles sombres qui tombent délicatement sur son front. Cette fois, Arthur n'a pas fait dérivatif. Avec joie la jeune fille a suivi Arthur dans les couloirs, sur les toits de la Grande Chapelle, aux jardins, dans la salle du Conclave, ça ressemblait à une comédie romantique, ces deux adolescents qui s'éprennent par hasard devant les œuvres de Giovannetti, leurs familles qui assistent au coup de foudre, le regard attendri, sauf que non. Avec Arthur, les familles ne s'attendrissent plus. Elles jettent un regard noir à Anne-Laure ou à son mari, quand elles ne disent pas de surveiller leur fils, de le tenir en laisse comme s'il était un chien, un danger public ou pire, un prédateur.

Arthur s'en fiche des petites phrases et au bras de cette jeune fille, il a détalé comme Jack du ponton, la mèche et le cœur en avant, en emmenant Rose loin des conventions. Au palais, Arthur a passé deux heures avec cette jeune fille et lui seul sait ce qu'ils se sont racontés et les coulisses du palais sur lesquelles ils se sont arrêtés. À la fin de la visite, l'adolescente a retrouvé ses parents, elle a lancé un dernier sourire à Arthur et s'en est allée. Arthur a souri aussi. Il l'a regardée partir et il s'est effondré. La jeune fille était déjà loin quand Arthur est resté figé, en larmes, pleurant trente minutes sans s'arrêter, au point d'en tomber sur les dalles du palais, ravagé. Arthur était inconsolable, on lui volait son coup de foudre, on le privait d'amour et il pleurait, pleurait, à tel point que ses parents se sont demandé s'il ne fallait pas l'emmener aux urgences. Leurs mains, leurs mots ne suffisaient plus. Plus rien ne comptait, même l'appétit vorace d'Arthur s'est éteint, plus d'envie, même pour une glace italienne, un Kinder ou un biscuit Prince, comme si en deux heures montre en main, Arthur avait vécu l'amour, le vrai, avant de renouer avec la vide réalité.

Face à moi, Anne-Laure se demande d'où ça vient chez son fils. Cette capacité amoureuse, cet élan. Elle voudrait croire que cela vient de sa famille, de son couple, de cette façon de mener une barque sans chavirer, à deux autant qu'à cinq, avec Oscar le cadet et Agathe la petite dernière, s'aimer depuis vingt ans, depuis leur rencontre à New York juste avant le 11 Septembre. Mais elle est sûre que non. Cela vient d'Arthur et de lui seul.

Anne-Laure est une femme qui porte la vérité en elle. À chaque conversation, elle se montre hésitante, prudente. Contrairement à la mère de Marius, sa meilleure amie qui vit à mille à l'heure, Anne-Laure ne va pas vite. Elle prend le temps. Elle songe, fixe mon regard comme on fixe l'horizon avant de formuler une réponse. Dans ses yeux, il y a un roman. Quand elle parle de son fils, Anne-Laure met ça en place. Une prudence autant qu'un doute. Elle veut n'être sûre de rien et je comprends parfaitement, douter pour entrevoir, accepter ce qu'on est, laisser venir surtout, ne jamais fermer la porte à la suite. Alors non, Anne-Laure réfléchit une fois de plus à ma question. Elle n'a jamais connu la séduction comme Arthur : la fougue. Elle sait que cette puissance amoureuse est réservée à son fils, comme un bagage qu'il transporte, dont il a lui seul la clé, comme un talent unique, un exemple même, une façon de se rappeler chaque jour que l'autre que l'on croise est précieux, aimable, au sens de : digne d'amour.

Depuis tout petit, comme les autres enfants, Arthur plaît et on lui plaît en retour. On salue ses yeux tendres, son espièglerie, ses interminables facéties. Mais depuis l'adolescence, l'histoire n'est plus la même. Arthur a pris de l'âge et de la carrure, les traits du syndrome ont gagné son visage et autour de lui les mots n'ont plus rien de tendre. Arthur ne les retient pas. Il surfe dessus comme sur une immense vague. Arthur ne se replie pas, il sort tous les soirs, c'est sa passion. Celle de claquer la porte de leur appartement dans le 16e arrondissement de Paris et d'aller voir les commerçants qui le connaissent tous. La buraliste, le boulanger, le primeur qui lui donne des grappes de raisin en passant. Telle une mascotte, Arthur traverse son quartier d'un pas franc, il coupe à travers la communauté russe qui vit autour de l'ambassade de Russie, rencontre les juifs orthodoxes, les secrétaires, les étudiants et ceux qui vivent dans ce grand HLM planté derrière le square.

Arthur est dans son quartier comme dans sa chambre et Anne-Laure fait montre de confiance. Elle prend sur elle et sur ses angoisses de mère. Elle sait qu'il respecte les couvre-feux, qu'il fait attention, mais face à moi, elle ne sait plus si c'est bien ou mal, et disparaît dans un silence. Peut-être que je suis une mauvaise mère, finit-elle par dire, peut-être que je devrais savoir où se rend mon fils et c'est la définition de l'adolescence qu'Anne-Laure apprend progressivement : laisser vivre, lâcher prise. Accepter l'échappée.

Son envie de vivre, Arthur l'exprime quotidiennement. À présent, ce qu'il préfère, c'est aller à Janson vers dix-sept heures. Je demande à Anne-Laure :

— Janson, c'est quoi ? Son IME ? Son lycée ?

Anne-Laure me regarde avec l'attention que maintenant je lui connais.

— Non, non. Arthur adore papillonner. Maintenant… oui. Il fait… les sorties d'école.

À cette tournure, mon visage prend une expression amusée et Anne-Laure continue sur sa lancée :

— Il sait à quelle heure sortent les gens. Alors il part attendre devant les grilles. Il me dit : «Je dois retrouver quelqu'un», alors bon… Je le laisse y aller.

L'air concentré d'Anne-Laure cède complètement. Elle tourne la tête, regarde vers le bas et se met à rire nerveusement :

— Il doit faire peur, c'est pas possible.

Je ris avec Anne-Laure en imaginant la scène. Arthur devant les grilles à guetter un visage familier. Mais la séquence que nous vivons-là m'émeut plus encore : Anne-Laure qui me raconte les grilles des lycées avec son regard investi, cerné de réflexion, qui tout à coup baisse la garde, s'en va dans la légèreté, celle de dire les choses comme elles sont et de s'enfouir dans l'ironie pour tenir, s'accorer pour ne jamais vaciller. Et ensemble nous rions.

Arthur ne fait pas seulement les sorties d'école. Le grand curieux traîne dans les rues, au parc où les plus jeunes se défoulent de leurs journées, du côté aussi des skateurs qui finissent souvent par lui donner leurs pseudos Instagram en lui proposant un Oasis ou une cigarette. Arthur refuse la cigarette, c'est ce qu'il dit en rentrant. Anne-Laure le croit. Elle sait qu'il est naïf mais pas influençable. Par exemple, garder un secret est pour lui impossible. Arthur n'a jamais reparlé de cigarette et sa mère non plus. Elle a confiance mais, comme toute mère d'ado, elle navigue à vue. Anne-Laure ignore qui sont ces copains qu'Arthur part côtoyer. Elle ne sait pas si son fils fait bonne impression quand il vagabonde de groupe en groupe. Est-ce que ça fait rire les autres ? Est-ce que ça les emmerde ? Est-ce qu'Arthur se prend des vents ou pire ? Anne-Laure ne voudrait pas à avoir se poser la question. Elle voudrait se dire que de toute façon son fils est grand. Il l'est, mais pas exactement.

Parfois Anne-Laure mène l'enquête et je souris encore, pris dans la sincérité réjouie de cette femme. Anne-Laure a un mode opératoire : pour pister Arthur, elle sort promener le chien de la famille, Mister Jingles et, l'air de rien, bifurque discrètement sur les terres de son fils. Au bout de la rue, elle le voit au loin discuter avec l'épicier, raisin à la main, ou faire un *check* aux trois skateurs qui descendent la rampe métallique, AirPods dans les oreilles. Tout a l'air d'aller bien, tout a l'air normal. Alors Anne-Laure se dit qu'elle ne devrait peut-être pas espionner. Au chien, elle fait signe de faire demi-tour.

Dans les relations d'Arthur, Anne-Laure et Alexandre refusent d'intervenir. Les deux banquiers ont bénéficié d'une éducation libre et c'est ce qu'ils voulaient pour leurs enfants. Une enfance légère, oisive, à quelques années de l'adolescence où Alexandre a brutalement perdu son grand frère et Anne-Laure son parrain. En souvenir de cette enfance protégée, les parents souhaitaient offrir la même chose à leurs enfants : le goût éphémère de l'insouciance. À présent qu'Arthur disparaît dans la nature, Anne-Laure se demande comment maintenir le cap, comment faire perdurer l'insouciance et la légèreté, et si Oscar aura lui aussi envie de prendre la tangente à son âge. Mais Anne-Laure sait qu'elle sera moins inquiète pour son cadet.

Anne-Laure s'interroge sur les raisons de son inquiétude. C'est vague, et sans réponse préfabriquée. S'imagine-t-elle des scénarios catastrophe, des agressions, ou juste des «vents», comme elle dit? Qu'on l'accueille ou qu'on le repousse, Anne-Laure est préparée, mais ça reste son plus grand combat. À voix haute, la mère se demande si son inquiétude ne viendrait pas aussi du fait qu'Arthur, avec son syndrome et ses neurones miroir, est capable de mimer l'autre, d'avoir la bonne attitude et d'être vu comme plus capable, moins handicapé. Et alors que se passerait-il en cas d'incident?

Depuis le cap des seize ans, Anne-Laure sait que c'est à son fils de se prendre en main. À lui de comprendre qu'on le repousse quatre fois sur cinq. C'est comme ça. Les gens sont comme ça. Il faut l'accepter. Mais Arthur n'en parle jamais et Anne-Laure se demande s'il garde ses impressions pour lui, s'il en souffre ou s'il s'en fiche. Anne-Laure y pense tous les jours car elle sait qu'Arthur s'infiltre bon an mal an dans cet âge où pour beaucoup une dépression guette. Anne-Laure dit que son fils n'est pas encore concerné. Elle dit que non, puis elle doute. Elle ne sait pas, finalement. Ces chagrins d'amour répétés, comme ces pleurs sur le sol du palais des Papes, pourraient-ils être la manifestation d'une véritable anxiété ?

Il est seize heures, et Arthur sonne à la porte.

— Ça va, mon chéri ? Tu as passé une bonne journée ? Tu poses ton sac, tu viens deux secondes ? Il y a un monsieur.

Au fond du couloir, une voix douce et rauque résonne.

— Ça va, oui. Mais c'est qui ?

Arthur vient à ma rencontre et je n'imagine plus les grilles des lycées ni les cigarettes échangées, je vois Arthur pour ce qu'il est. Un adolescent dont le sourire est partout, dans le regard et sur les tempes, gravé dans les joues. Un adolescent prudent, délicat comme sa mère, avenant comme son père, mais fragile, surtout, et c'est la première chose sur laquelle

Anne-Laure veille. Sa frustration ou sa tristesse quand il essaie de nouer des liens, quand il lance des «ça va?» à tour de bras dans la rue et qu'il attend fébrilement une réponse, en vain. Anne-Laure comme ses éducateurs lui expliquent comment garder une distance, modérer les «ça va?», mais pour lui tout ça sonne japonais. Il écoute poliment avant de retourner devant les lycées.

Avec Arthur, j'ai à faire à un adolescent à cent pour cent. De ceux qui expédient les discussions d'adultes pour aller se prélasser devant la télé, ceux qui ne se font pas prier, disent bonjour au loin, qui apparaissent furtivement dans un couloir, annoncent à la hâte un départ ou une activité, entièrement dédiés à eux, à leurs vies, à leurs vivacités. Chaque semaine, Anne-Laure lui demande de baisser le son de la télé. Je continue mes questions et Anne-Laure y répond lentement, précisément, à quelques mètres de son adolescent hypnotisé par les rayons cathodiques.

— Depuis la pandémie, comment ça se passe, pour lui?

Avec les règles de distanciation, Arthur se sent bâillonné. C'est pour lui une punition, une atteinte à ce qu'il est. Les gens s'en tiennent à eux, ne s'embrassent plus, portent des masques et même si Arthur n'enfreint jamais les règles interdisant le contact physique, il a toujours aimé se tenir à proximité. C'est comme ça qu'il comprend les émotions des autres. En regardant, en décryptant les visages. Avec le masque, il n'y arrive plus. En raison de sa perception spatiale qui l'empêche de regarder à deux endroits à la fois, Arthur a sans cesse eu du mal à jauger. Il est incapable de lire à la fois les expressions d'un regard et les traits d'une bouche. Alors, Arthur apprend à regarder les sourcils. La colère, l'étonnement, la joie ou la menace, le jeune homme les lit sur l'arcade sourcilière qui s'arrondit et heureusement que les gens ne sont pas masqués jusqu'aux yeux, dit-il.

Les confinements ont été une épreuve. On mettait à néant son désir de l'autre. Anne-Laure dit que pour son fils, c'est un besoin impérieux comme une nourriture. Un besoin physiologique de dire bonjour, de faire connaissance. Arthur a beau avoir séjourné avec ses cousins en Normandie, il tournait en rond. Il se renfermait. Seule l'émission des Marseillais à Abu Dhabi était un remède. Anne-Laure le lorgnait quand ses cousins et lui regardaient la téléréalité dans le salon. Magnétisé par les images des grandes tours et des déserts de sable, il ne parlait que de ça. Tous les jours. Arthur était fasciné par ces candidats, leurs promenades dans les souks, leurs courses de quad, leur virée à Disney, leur excursion sur l'île de Yas, comme si Arthur était avec eux. Comme si lui aussi partait en voyage.

Quand la famille part en voyage, les rejets se multiplient à l'endroit d'Arthur, car le voyage sous-entend ça : la rencontre de l'autre. Des altercations dès l'aéroport. Quand Arthur attend les valises sur le tapis roulant. L'ado s'approche des bagages des passagers, fasciné par le mécanisme, il tend les mains et les gens s'agacent. Anne-Laure désamorce le conflit par un simple contact visuel. En un regard, elle prévient que son fils est différent, qu'il ne pense pas à mal, qu'ils n'ont pas à se sentir agressés. Cela fonctionne, parfois pas. À la montagne, où ils vont chaque année, il y a souvent des histoires. Comme cette fois où le père d'Arthur, si calme dans la vie, a failli en venir aux mains avec un Anglais qui s'était emporté en voyant Arthur discuter avec sa fille. La jeune fille ne parlait pas sa langue et peut-être qu'Arthur insistait aussi. Il voulait poser des questions, s'intéresser, créer l'échange, peu importe la barrière linguistique. Ses parents ne s'en étaient pas rendu compte et d'un coup dans le restaurant, l'Anglais s'est mis à crier : «*Stop it now!*», «*Control your son!*», «*Make him go away!*» La colère de cet homme a provoqué celle d'Alexandre, qui était seul à savoir que son fils ne voulait rien de mal, tandis que l'homme tendu le faisait passer pour un vilain parasite.

Comment accepter dans le regard de l'autre que son fils puisse être pris pour un danger, un prédateur, un élément nocif? Ce n'est pas simple.

C'est même inimaginable. Anne-Laure fait un travail à ce sujet. À chaque altercation, elle tente les regards, les regards, les regards. C'est sa seule astuce, sa seule arme. Des regards à quiconque les recevra et si ceux-là échouent, Anne-Laure accepte le rôle de la mère du parasite et gagne le large.

Parfois le malaise vient de la fratrie elle-même. Au quotidien, Anne-Laure compose avec l'incompréhension, l'impatience, ou l'intolérance bien concevable de ses propres enfants. Anne-Laure l'a perçu le jour où sa petite dernière de neuf ans lui a révélé qu'elle refusait qu'Arthur la garde. La benjamine lui a dit non, qu'elle ne voulait pas de son babysitting, car elle n'avait pas confiance en lui. Elle le dit souvent maintenant : je ne peux pas compter sur Arthur.

Comme tant de frères et sœurs, Agathe et Arthur préfèrent se tirer la bourre, se dire tous les jours qu'ils se détestent. Arthur nomme sa petite sœur « la Peste » ou « le Bébé Cadum », et ça suffit à Agathe pour bondir de rage. Bien sûr elle se venge, la petite. Agathe a du caractère, il suffit de quelques secondes, avec ses grands yeux noirs, pour montrer de quel bois elle se chauffe. Agathe surnomme à son tour son frère « le Moche » – « Qu'est-ce qu'il est moche ! », « Oh comme il est moche ! » –, car elle sait à quel point Arthur veut plaire aux filles, lui qui aime se faire appeler « le BG du 16e ».

Oscar, lui, ne s'en prend jamais à son grand frère. Encore moins à sa différence. Mais la petite se permet tout : il est bête, il est pire qu'handicapé, dit-elle. Quand Anne-Laure m'en parle avec sa prudence habituelle, son souci de vérité, je vois bien qu'au fond ça la peine, d'autant qu'à l'inverse Marius et sa petite sœur Charlotte sont soudés comme jamais et que les deux clans se voient régulièrement. Je ne peux imaginer ce qu'Anne-Laure ressent chaque jour quand sa petite s'en prend à l'identité de son aîné. Mais cet amour vache est aussi une façon pour Agathe de ne pas tomber dans la mièvrerie de la différence. Contrairement à Oscar, Agathe n'a jamais connu Arthur autrement qu'atteint du syndrome. À aucun moment de sa vie, son grand frère n'a été autre qu'un garçon atteint d'une maladie. Construite avec cette pleine conscience de la différence, elle prend aujourd'hui ses libertés, une façon de mettre à distance cette chose colossale qui fait socle au centre du foyer familial.

Le handicap est arrivé à la maison quand Oscar, lui, avait trois ans. Ses parents appréhendaient les changements mais la nouvelle a permis de canaliser le garçon, lui qui était agressif parfois, lui qui mentait sur son âge, affirmant qu'il avait cinq ans et non trois, pour dire qu'il savait faire des choses dont son frère n'était pas capable.

Arthur a beau être l'aîné, il n'est pas le grand frère, comme ne le seront jamais ni Marius, ni Thomas. Ses parents sont plus permissifs, et Oscar et Agathe râlent de concert. Quand Arthur a droit aux écrans pour se tranquilliser. Quand à table il peut manger autant de Prince qu'il le souhaite. Quand il peut sortir au parc tous les soirs. Alors comment gérer cette inégalité ? Comment parler d'équité quand celle-ci est impossible à garantir ? Anne-Laure a compris que ce n'est pas en changeant Arthur qu'un apaisement naîtra. Changer leur fils, Anne-Laure et son mari n'y arrivent pas. Mais en faisant grandir les deux autres, oui. En misant sur eux. En expliquant par exemple à leur petite qu'Arthur aura toujours besoin de l'aide de ses parents, quand ce n'est pas son cas à elle.

Comme tout enfant porteur du syndrome, Arthur développe des obsessions singulières. Il m'en parle, avec son ton rieur, ses yeux joyeux, dissimulés derrière ses petites lunettes.

— Les émissions de voitures sur RMC et le chant choral, c'est tout ce que j'aime.

— Un grand écart parfaitement assumé, commente sa mère.

Car Arthur est aussi fin connaisseur des moteurs, passionné de carrosserie, d'ateliers de construction ou de courses de vitesse que des chants d'église et de Petits Chanteurs à la Croix de Bois. C'est vrai que c'est une prouesse. Tout petit, comme Thomas ou Enzo, il était fasciné par le moindre objet qui tournait. Les mécanismes, les billes, les toupies et les jeux d'engrenages pouvaient l'occuper toute une journée, ou les roues de sa poussette qu'il faisait tourner jusqu'à l'épuisement. En grandissant, il demandait de s'arrêter sur le trottoir pour contempler les poussettes des autres mamans. Aujourd'hui, dès qu'il entre en contact avec des gens, il leur demande la marque de leur voiture. Il interroge sur la motorisation, la boîte de vitesses, la puissance. Arthur sait reconnaître le modèle d'une voiture de course rien qu'en l'écoutant accélérer, et dès qu'il aperçoit un concessionnaire au loin, il demande à entrer, comme on entre curieux dans un musée et sur place, Arthur n'hésite pas : il fait ouvrir les capots des voitures.

Tous les jours, comme Axelle, Arthur pose les mêmes questions. On fait quoi aujourd'hui ? On va où ? On s'en va quand cet après-midi ? À chaque échéance, il ressent une profonde appréhension. Le fait de ne pas savoir ce qu'il fera dans deux heures l'angoisse. Quand sa famille n'a pas de réponse à lui donner, il demande inlassablement : le Musée des arts et métiers ou la Cité des sciences ?

À l'école, dans son IMPro, Arthur expérimente pour trouver sa voie. Restauration, espaces verts, blanchisserie, nettoyage, sous-traitance. L'adolescent est partant pour tout, mais il a d'emblée une préférence : la reprographie. Arthur se voit travailler dans une imprimerie, à gérer les clients, les ramettes ou le bourrage papier, à appuyer sur les touches, lancer les impressions, réparer les photocopieuses dont il veut explorer l'intérieur. Mais si Arthur avait le choix, un choix autre que ceux de l'institut, il ne s'imaginerait ni en technicien de reprographie ni en agent de blanchisserie. Il me dit qu'il serait mécanicien. Il évoluerait dans une grande concession, et ce serait dingue.

À l'IMPro, Arthur est suivi par une psy et parfois par un psychomotricien. De son côté Anne-Laure ne peut plus. Elle a passé l'enfance d'Arthur à manœuvrer les plannings paramédicaux et à patienter dans les salles d'attente. Aujourd'hui, c'est au-dessus de ses forces. La mère n'en parle pas souvent, car elle sait que certains la jugeraient, mais tant pis. Son fils est heureux et en bonne santé, cela lui suffit. Parce qu'elle sait depuis des années que ses retards sont là, comme ses déficiences, indélogeables. Arthur avance d'un pas et recule de deux, Anne-Laure l'a accepté. Parce qu'elle sait qui est son fils. Elle le sait depuis ses dix-huit mois, depuis le diagnostic. À la différence de beaucoup, Anne-Laure a toujours refusé de culpabiliser. Si, pendant dix-huit mois, son fils pleurait sans s'arrêter, s'il tétait mal, s'il régurgitait, s'il ne souriait pas, s'il n'était pas chatouilleux, s'il ne se retournait pas, ce n'était pas de sa faute. Avec le syndrome, Anne-Laure a compris qu'elle ne faisait rien de mal. Elle n'était pas une mère indigne. Elle deviendrait seulement cette mère compréhensive.

Aujourd'hui, le niveau scolaire d'Arthur est en baisse, et la pandémie a empiré la situation. Avancer d'un pas, reculer de deux, c'est ça. À l'institut, on apprend davantage à Arthur à rester debout et à accomplir sa tâche que les programmes de sciences ou d'histoire.

— Mon fils de quinze ans a maintenant le niveau scolaire d'un CP. Même ma petite Agathe est plus avancée.

Quand il a terminé le collège, Arthur avait plus ou moins le niveau d'un CM2. Il connaissait ses tables, savait calculer les périmètres. Passé le confinement, Arthur ne savait plus distinguer un carré d'un rectangle. Il avait aussi oublié la différence entre futur, passé, présent.

— Mais Arthur est doué pour d'autres choses, c'est ce que je retiens. En musique autant qu'en athlétisme, du fait de ses jambes en flexion et ses ligaments serrés. Chacun ses talents après tout.

Doué d'une musicalité inouïe, Arthur a jeté son dévolu sur l'art choral. Loin de l'univers automobile, l'ado plonge dans celui des musiques sacrées, des chants d'orgue et de luth, ceux des chœurs d'enfants mais aussi de la musique metal : ACDC, les Clash, Metallica, car dans ces deux genres, Arthur noue avec des fréquences graves qui ravissent son oreille absolue. Pour lui, le chant est une méditation. Un moyen de lutter contre ses premières angoisses, survenues il y a peu. Récemment il disait en permanence qu'il voulait que le syndrome parte, qu'il fallait s'en débarrasser et rien ne le consolait, hormis la musique, hormis les concerts diffusés chaque dimanche sur Arte.

Arthur se ressource en écoutant le « Miserere mei, Deus... » de Gregorio Allegri et l'*Agnus Dei* de Samuel Barber. Il se calme à l'aide des chanteurs lyriques et des opéras, *La Flûte enchantée*, en particulier l'air de la Reine de la Nuit par Nathalie Dessay, *Carmen*, aussi, les chœurs d'*Aïda*, le *Duo des chats*, *Lakmé*, ou *Les Pêcheurs de perles* à l'écoute duquel Arthur pleure à chaque fois. Pour être au plus près des chorales, Arthur aime entrer dans les églises. Il regarde les cérémonies silencieusement, contemple les voûtes de pierre qui sentent l'humidité. Arthur croit en Dieu comme sa famille, mais il ne sait pas ce que ça veut vraiment dire, hormis que Dieu est là et veille. Il s'est rendu à Lourdes cet été, car il aime les histoires où tout le monde s'entraide. En particulier celle de Bernadette qui a reçu l'appel de la Vierge et a gratté le sol pour dénicher l'eau magique. Sur place, Arthur cherchait des preuves des miracles. Il courait partout, voulait tout voir, guidait sa famille au grand dam du père qui jurait de ne plus revenir. Arthur a enfin reçu l'eau bénite et, solennel, il a dit :

— A dix-huit ans, je m'installe ici.

Au cœur de ce Disney de la chrétienté où tout le monde est de bonne humeur, flâne et sourit, Arthur est dans son élément. Il est le bienheureux parmi les bienheureux, et cela ne signifie rien d'autre qu'Arthur va à sa vie, épanoui, radieux, irradiant les autres, toujours content de son sort et renonçant au reste.

— Lourdes est comme le village des Schtroumpfs, me dit Arthur. Alors je voudrais y retourner l'année prochaine.

Arthur a toujours aimé se sentir utile. Aider les gens, voir leurs ravissements. Il écoute leurs contrariétés, les rassure, les console quand ils pleurent, leur apprend des choses qu'il vient de découvrir à l'IMPro. Dans les boutiques, si un vendeur s'adresse à lui, Arthur va automatiquement le remercier. Il va lui faire des compliments sur son travail, son magasin, son style vestimentaire. Les passants, les commerçants, les gardiennes, les chiens des passants, les SDF du quartier. Tous sont ses amis. Ses « potes », comme il dit, avec qui il aime discuter, de tout, de rien, du moment qu'Arthur prend le temps d'être avec eux. À ce sujet, Anne-Laure m'explique que le syndrome de Williams se dit en anglais *Cocktail Party Syndrom*, et ce n'est pas un hasard. Cette expression qui rappelle à quel point ceux qui en sont touchés sont voués à la conversation sociale.

Ceux qu'Arthur aide le plus sont ses copains de Janson, ses parents et son chien, Mister Jingles. Il considère son animal comme un proche, un membre de la famille. Depuis que le King Charles a été adopté, les relations entre Arthur et sa petite sœur se sont apaisées. Il faut dire qu'avant l'arrivée de Mister Jingles, Arthur était fasciné par Agathe. Il avait pour habitude de se lever aux aurores et de contempler sa petite sœur dormir. Il disait qu'elle était belle, qu'elle était calme, qu'elle avait grandi depuis la veille. Souvent il la réveillait par ses regards insistants et son manque de discrétion. Arthur lui soufflait dans les cheveux et Agathe ouvrait les yeux d'une humeur de dogue. La petite se redressait et lui donnait des baffes, histoire qu'il déguerpisse, et là encore ça me fait sourire d'imaginer les querelles fraternelles qui n'étaient la conséquence que du regard amoureux du grand frère.

La bataille avait lieu tous les matins, dès sept heures. Alexandre et Anne-Laure ne souriaient pas, eux. Ils étaient las des pleurs de l'un et de la hargne de l'autre. Pour fixer un point d'amour commun à la fratrie, des amis vétérinaires leur ont conseillé d'adopter un animal et Mister Jingles est arrivé. À présent, quand l'ado se lève, il se rend au chevet de son chien qu'il admire et caresse autant d'heures qu'il le souhaite, et Agathe peut alors dormir sur ses deux oreilles. Avec le chien dans les parages, les enfants ont dénoué les nœuds, même si «la Peste» et «le Moche» reviennent parfois sur le tapis quand il s'agit de savoir qui aura la télécommande ce soir ou qui prendra Mister Jingles sur ses genoux pendant le film. Souvent c'est Agathe qui gagne. Parce que c'est la plus petite. Parce que c'est comme ça et, magnanime, du haut de ses seize ans, Arthur répond à sa famille : peu importe, bientôt je vivrai à Lourdes avec les gens souriants et son clan se met à rire, immanquablement.

À dix-sept ans

Thomas a dix-sept ans et, dans l'ordre, il aime la mécanique, les moteurs de voiture, les motoculteurs, tous ces bruits d'acier qui sont une musique à son oreille absolue. Ces sons, Thomas a besoin de les matérialiser. Il se rend pour ça chaque année dans les foires aux engins agricoles et se délecte de la vue des tracteurs anciens dont il connaît chaque histoire. Il collectionne des magazines spécialisés et achète chaque année la nouvelle version de *Farming Simulator*, un jeu de simulation agricole où Thomas, depuis son ordinateur, gère sa ferme et son élevage. Ce mois-ci, il vient d'en acquérir la version n° 22.

Entre l'histoire de ses deux ans et celle d'aujourd'hui, peu de choses ont changé. Depuis son laboratoire, le chercheur François me dit que Thomas aime toujours les animaux, les gens, les voyages. Et cette question au bord des lèvres, intangible : bonjour, comment vous allez, qu'est-ce que vous faites, je peux vous aider? Les réponses ne débouchent sur aucune conversation et Thomas s'en rend compte maintenant. Il discerne parfaitement un passant méprisant d'un autre et ne voit plus le monde de ses yeux indulgents d'enfant. Il a appris ça grâce à ses périples. Le Brésil bien sûr, les États-Unis plusieurs fois, la Pologne ou l'Espagne, la République tchèque en hommage aux origines maternelles. En voyageant, Thomas a voyagé en lui-même.

L'hypersociabilité de Thomas et des autres Williams est le sujet sur lequel chaque famille s'est le plus épanchée. Un besoin physiologique, disait la mère d'Arthur, un appétit, dit François. Ce trait a fait l'objet d'une étude parue en 2009 pour laquelle des chercheurs se sont efforcés de décrypter les délétions à l'origine de la maladie et de comprendre, plus globalement, les racines de notre sociabilité.

Pour leurs expériences, ils ont utilisé trois espèces de souris : deux individus dépourvus d'une copie d'une partie des vingt-cinq gènes, et un troisième dépourvu de l'ensemble des gènes, comme les humains porteurs de la maladie. Les trois souris ont reproduit, à des degrés divers, des aspects cruciaux du syndrome, dont cette sociabilité accrue. Les souris séparées par des parois transparentes, le test montre de façon évidente que les trois souris délétées ont passé beaucoup plus de temps auprès des souris nouvellement introduites que les souris ordinaires. Comme si toutes étaient munies d'un aimant.

Alors, que nous apprend l'étude du syndrome de Williams sur notre attitude sociale ? Elle montre que les gènes responsables du syndrome donnent des indices pour comprendre les variations de comportement au sein de la population générale. Elle montre que les différences dans notre ADN ne provoquent pas toujours des maladies, et que ces différences peuvent même être considérées normales. Par exemple, des polymorphismes courants dans le gène GTF2I sont associés généralement à une réduction de l'anxiété et de la chaleur, une facette de l'extraversion constatée de manière générale chez les femmes, aussi. Ces polymorphismes sont également liés à une réduction de la réactivité de l'amygdale, une région du cerveau impliquée dans les réactions de peur.

Une autre étude de la base génétique des caractéristiques du syndrome, associées à la domestication des chiens, a révélé que, contrairement aux loups, nos compagnons canins présentent une délétion génétique dans la région génomique équivalente à celle touchée par le syndrome de Williams chez l'homme. Précisément dans les gènes GTF2I et GTF2IRD1, qui contribuent à l'extrême sociabilité et, pour les chiens spécifiquement, à la domestication. Voilà pourquoi un chien serait plus susceptible de lécher le visage de l'homme et un loup plus susceptible de le mordre.

Pour en revenir à Thomas, il faut raconter surtout son amour pour Svetlana, une jeune fille porteuse du syndrome. Entre eux, c'est une belle histoire. Thomas n'a pas la séduction mouvementée d'Arthur ou d'Axelle, il connaît Svetlana depuis ses cinq ans et depuis ses cinq ans, il est amoureux d'elle. Hasard ou non, celle-ci porte un prénom d'origine tchèque, comme la mère de Thomas. Pour autant la famille de Svetlana n'a rien à voir avec l'Europe de l'Est. Quand ses parents vivaient à Saint-Pierre-et-Miquelon, ils ont voulu un prénom pour leur fille qui disait l'hiver ou le froid. Alors ils ont choisi *Svetlana*.

Entre Thomas et elle, le coup de cœur est immédiat. Leurs familles deviennent amies quand ils sont petits, cela remonte à quinze ans. Personne ne saurait dire précisément quand l'amitié entre les deux enfants a cédé la place à l'amour. Thomas a toujours su qu'il aimait Svetlana. Comme il sait qu'il aime le ketchup, ou les arbres. Aujourd'hui, ils se comportent comme deux époux. Ils n'hésitent pas à s'appeler mon amour pendant les apéritifs de famille, se prendre dans les bras ou affronter des crises. Car Svetlana a parfois un comportement jaloux, elle met à l'épreuve son sentiment et son engagement. Comme il est l'homme du couple, Thomas doit lui rendre service, apporter son verre de soda, écrire des SMS, répondre présent quand elle l'appelle à l'improviste sur son téléphone portable. Si tous deux ne se sont pas vus depuis six mois à cause de la pandémie, le couple se rencontre régulièrement. Ils prennent le bus Caen-Versailles pour se rendre visite. Svetlana a accompli pour la première fois le voyage cet été, et à chaque fois les retrouvailles sont dignes d'une scène de cinéma. Elle aimerait vite retenter l'expérience, car Thomas lui manque. Mais la sœur de Thomas a eu le Covid cet hiver. Ils ont passé les fêtes loin l'un de l'autre, et c'était dur.

Thomas et Svetlana ont pour projet de vivre en Lozère. Ils habiteront non loin des parents de la jeune fille, qui s'installeront aussi dans la région à leur retraite. Les deux grands adolescents imaginent déjà leur existence là-bas. La vie sous le même toit, avec des enfants, ou des animaux domestiques, mais il faut encore discuter de l'animal. François sourit à ce projet. Il est heureux pour son fils, même s'il sait que la vie pour un couple handicapé est plus impardonnable. Il sait que cette vie-là présente plus de risques que pour un couple *lambda*, car il faut savoir régir le quotidien et les conflits, communiquer, se raisonner, prendre sur soi.

Je n'ai rencontré Svetlana qu'une fois. Tout de suite, j'ai vu qu'elle était une jeune fille d'une douceur inégalable. Sous sa chevelure laineuse, elle regarde les autres de ses yeux bleus silencieux.

Svetlana n'est pas une envahisseuse. Comme Marie, elle se tient tranquille, elle n'a pas la bougeotte des autres Williams ou le don de dégainer à bout portant les questions. Elle préfère écouter, mais quand on vient à elle, elle répond et elle rit. Sa voix rauque résonne dans la pièce comme un joli grondement. Il faut la rencontrer pour comprendre à quel point c'est attendrissant.

Svetlana vit avec un frère, une sœur et ses parents dans la région de Versailles. Elle est proche de son frère, ado, de l'aînée, Marie-Émilie, et du petit-ami de celle-ci qui, comme elle, a pour hobby la pâtisserie. Svetlana adore préparer des tartes et des gâteaux au chocolat le dimanche, elle voudrait être pâtissière professionnelle.

Avec Svetlana que je rencontre alors que j'écris les derniers chapitres du livre, je fais face à ma propre frustration. J'aurais aimé écrire sur elle et sur tant d'autres. J'aurais aimé dire le tout petit Gabin, Amina, Charles, Esther ou Léandra. J'aurais aimé écrire Tigane, Amalia, Olivia, l'incroyable Olivia à la voix de star de radio, ou les jumeaux Tom et Léo, parce que souvent il y a des jumeaux. Mettre des mots sur Madeleine aussi, sur Mya, Elio, le grand Valentin si sage, à l'écoute, qui lève le doigt quand il veut s'exprimer, parler de Raphaël, même vite, ou de Camille.

J'aurais aimé que le petit Octave et sa jeune maman Iryna, ou bien Justine et son papa existent dans le livre, pour élargir, tout dire, ne pas faire de choix, donner à voir le plus possible, parce que les romans ne servent qu'à ça : à donner à voir. J'aurais aimé pouvoir ne rien réduire. Parler davantage de la mère d'Arthur au-delà de sa prudence sincère, dire les chorégraphies endiablées qu'elle improvise à l'occasion de leurs moindres retrouvailles, raconter Fred, le beau-père de Marius qui toujours coopérant, bienveillant, se met en retrait, appareil photo autour du cour, pour immortaliser les moments et moi, le retrait de Fred ça m'émeut, ça m'en dit plus que des tirades, ça m'inspire, ça me donne envie d'écrire, comme les silences calmes de Sylvie, la timidité de Séverine qui elle aussi écrit des histoires sur Internet, ou les gestes dans tous les sens d'Anne-Isabelle, la salariée de l'association qui bûche tous les jours pour que ces enfants existent en dehors de leur maladie.

Aujourd'hui, qui est Thomas, par rapport à la maladie ? Les symptômes n'ont pas disparu, bien sûr. Les retards intellectuels. L'hypotonie, qui atteint la motricité et le tonus. Les difficultés à se nourrir, mais François dit que lui aussi ne voulait manger que des assiettes de frites, à son âge. Thomas est resté petit dormeur. Son père le voit à son visage tiré de cernes au moment du petit-déjeuner. Il l'entend tousser la nuit, et il sait que c'est une toux diurne, celle de quelqu'un qui est encore éveillé. Et je me demande. Que fait Thomas toutes ces nuits ? Que font-ils, tous ces enfants joyeux et sans sommeil ? Est-ce que Thomas lit ses magazines automobiles, joue-t-il à l'ordinateur, sur son téléphone portable, écrit-il à Svetlana qui dort peu, elle aussi, regarde-t-il le plafond comme n'importe quel insomniaque ? François n'en sait rien. Dans les nuits de Thomas, il refuse d'intervenir.

Parmi les difficultés qui lui résistent, il faut raconter ses envies d'aller sans cesse uriner. Une question anodine qui parasite le quotidien de la famille. Combien de fois Thomas a-t-il dû sortir en catastrophe d'un métro ou d'un bus pour aller trouver un endroit et se soulager, à tel point que chaque trajet est une aventure. Avec le temps, François et Jana ont mis des rituels en place. Ils bannissent les boissons comme le Coca-Cola, et tous deux veillent à ce que leur fils ne boive rien avant chaque activité. La famille a visité tous les lieux d'aisance du monde, dans tous les WC publics, toutes les toilettes de gares, d'hôtels et de restaurants où il faut consommer pour accéder au graal. On appelle cette condition « la vessie hyperactive » ou « la vessie sensible ».

Un jour, au cours d'un vol Rio-Paris par lequel François et sa famille rentraient de leur séjour au Brésil, Thomas est pris d'une envie soudaine. Les tablettes sont rangées, les ceintures attachées sur injonction de l'hôtesse en chef. L'avion prépare sa mise en route, mais Thomas ne peut se contenir. François lui ordonne de penser à autre chose, de faire le vide dans son esprit, mais Thomas n'y parvient pas. L'envie semble plus forte que lui, plus forte que l'avion et les passagers réunis. Thomas commence à se courber sur lui-même, les poings serrés, son bassin dodeline dans la frustration et une autre hôtesse s'en rend compte. Elle demande s'il faut à Thomas quelque chose, et François lui demande si son fils peut aller aux toilettes. L'hôtesse répond que non, l'avion est sur le point de décoller. Mais c'est urgent, très urgent, et le visage secoué d'impatience de Thomas le prouve. L'hôtesse finit par joindre le pilote qui se résout à retenir l'ordre de décollage pour que Thomas puisse aller aux toilettes. Tous les passagers dévisagent le garçon qui se rue dans la cabine et François revoit la scène, sa confusion, sa honte et son envie de rire, comme des milliers de fois depuis dix-sept ans.

Thomas est toujours maladroit. L'adolescent a du mal à voir en trois dimensions. Comme les autres, il perçoit chaque changement de couleur sur la route, comme autant d'obstacles. Alors Thomas est prudent. Il marche en faisant attention. Il trouve des stratégies pour avancer comme les autres. Pour se représenter sa vision dans l'espace, il faut s'imaginer avancer avec un œil ouvert, l'autre fermé.

— Avec un œil fermé, nous n'avons plus accès à la distance, car celle-ci se forme avec les deux yeux.

Nous sommes tous incapables de dire si l'arbre devant nous est à dix ou à trente mètres. C'est pénible, et, pour Thomas, c'est un quotidien.

Comme à sa naissance, Thomas est resté sensible aux bruits. Certaines nuits, l'adolescent dort avec un casque de protection. L'éclatement d'un orage demeure insoutenable. Cette hyperacousie est telle que Thomas est capable d'entendre la cloche d'une église à plusieurs kilomètres à la ronde. Comme Arthur, il peut reconnaître le moindre moteur de voiture et en citer la marque. Il peut dire si c'est un turbo, un gros cube, une cylindrée, etc. Il peut se faire réveiller par une moto qui passe sur une voie rapide à dix kilomètres de la maison. Dans les gares, Thomas est capable d'entendre l'arrivée d'un train cinq minutes avant les autres. Le train est encore loin, à plusieurs kilomètres, en pleine campagne, mais sur le quai Thomas annonce à sa famille que le train arrive. Ce pourrait être une prémonition de pacotille, mais Thomas a raison. La voix féminine débarque aux enceintes et prévient que le train ayant quelques minutes d'avance entre en gare voie 7.

Pour appréhender son don, Thomas a été examiné par une spécialiste. Il a répondu aux questions, rempli des séries de tests et d'exercices auditifs. La capacité de son oreille était telle que Thomas a atteint les limites maximales de l'appareil.

Pendant dix ans, le bruit de l'aspirateur a été pour lui synonyme d'agression. Sa famille a été condamnée à balayer, et à revendre le Rowenta. Mais son adulation de la mécanique a conduit Thomas à reconsidérer le cas des aspirateurs. À présent, il connaît chaque marque et chaque performance, et le Rowenta a retrouvé sa place dans le foyer. Un beau jour, Thomas a décrété être seul préposé à l'engin. Quand la femme de ménage est là, elle doit impérativement laisser la chambre de Thomas en l'état. Un jour, parce qu'elle en avait le temps, elle a aspiré son espace. Thomas a découvert la pièce impeccable. Scandalisé, il a appelé sa mère en disant que ça allait trop loin, qu'elle n'avait pas le droit, qu'on ne pouvait pas lui faire ça.

Aujourd'hui Thomas suit des études d'horticulture. Sa passion des plantes et de la nature est restée depuis ses six ans, lui qui dessinait les animaux et les paysages, tandis que la généticienne avait prédit qu'il détesterait tenir un stylo. Au collège, il y a des histoires de bagarre, parfois. Des histoires de harcèlement et d'agressions, aussi. Avec les années, Thomas apprend à s'opposer. Ne plus se taire, ne plus subir. Dire non. Simplement murmurer : tais-toi, laisse-moi en paix. Ces agressions, Thomas en parle une seule fois. L'épisode est grave, Thomas est victime d'attouchements sexuels. Cela se passe une fois et d'abord Thomas ne dit rien. Quand François a vent de la deuxième agression, il est terrassé sans être étonné. Il sait, par son travail, que les personnes handicapées sont la cible d'abus et d'humiliations sexuelles.

Thomas subit une autre agression sexuelle. Au même endroit, à la même heure, dans le grand gymnase infiltré de courants d'air pendant le cours de sport. Cette fois, face à son camarade, Thomas se met debout. Il dit : ce n'est pas drôle, il dit : tu n'as pas le droit. Le soir, Thomas prévient ses parents et raconte la scène. Le camarade est aussitôt renvoyé de l'établissement et Thomas n'en parlera plus jamais. Mais c'est en lui désormais.

Quelques mois plus tard, Thomas est prié de quitter l'Éducation nationale. Il n'a plus l'âge pour faire partie des effectifs et François et Jana doivent chercher des alternatives. L'ado se retrouve à la maison. Il fait des stages à la supérette d'en face, puis dans un restaurant, mais il n'est pas emballé. Alors ses parents font le vœu d'un établissement privé, au grand dam de François qui croit en l'éducation publique. L'adolescent est heureux. Dans sa classe spécialisée de dix élèves à besoins particuliers, Thomas réussit à s'intégrer.

— Sa capacité à se lier aux autres est incroyable. Son syndrome. Mais aussi sa mentalité brésilienne, précise François.

Pour le brevet, Thomas bénéficie d'un quart-temps et d'un lecteur-scripteur. Il passe les épreuves et personne autour de lui, depuis l'annonce de la généticienne, ne s'imaginait que le garçon serait assis à cette table d'examen seize ans plus tard. Thomas obtient son brevet de peu. Il voudrait maintenant faire un CAP, mais la MDPH avertit : avec un CAP, Thomas sera trop formé pour recevoir les aides financières et les aides à l'emploi. La phrase tombe comme un couperet. Si Thomas réussit, il ne pourra plus travailler dans un ESAT. On ne pourra plus l'aider. François le prend mal. Ne pas encourager son fils à réussir, freiner ses capacités, pour s'assurer de quoi ? d'un protocole sociomédical, d'une petite bouée de sauvetage ? Pour lui et pour Jana, c'est inconcevable.

Thomas se lance dans son CAP, et tant pis. Le niveau est plus soutenu, mais Thomas tient bon. Il suit des cours de production horticole, de biologie végétale, apprend le nom latin des fleurs et des plantes. Il fait un stage où il doit réaliser des semis, maîtriser les techniques de travail au sol, détecter les maladies aussi bien que connaître le poste de chaque employé, le fonctionnement et le budget de l'entreprise. Thomas réussit, sans mention, mais sans rattrapage non plus, et à chaque fois, son clan le célèbre. François et Jana organisent un apéritif, lui qui en raffole, ou une sortie au zoo, en ville, un week-end à Paris qui se termine par un cadeau : la dernière édition de *Farming Simulator*.

Thomas continue en BEP horticulture. Il perd toutes les aides possibles. Il doit se débrouiller, trouver lui-même des stages et affronter des programmes scolaires et techniques de plus en plus difficiles. Sauf que Thomas s'accroche. Il apprend l'informatique, les sciences économiques et sociales, il apprend à faire des tableaux de dépenses, il comprend la logique, retient une semaine, un mois durant, mais oubliera tout au bout de trois. Pour autant, il réussit ses examens et vise cette année un bac pro.

— Ce n'est pas parce que j'ai un syndrome que je ne peux pas passer le bac, dit-il.

C'est vrai, mais c'est un sacré niveau, le bac. Thomas devra travailler d'arrache-pied, est-ce qu'il y arrivera ? Tout le monde se pose la question, mais pas lui. Seul, il part défendre sa cause auprès de l'administration à qui il rappelle son droit, comme les autres, de passer son baccalauréat.

— Tout n'est pas une question de handicap.

Aujourd'hui la force de Thomas vient de sa confiance et de sa sociabilité. Entre la famille tchèque et le clan brésilien, Thomas a toujours fait le pont. Grâce à son oreille pour les langues, il permet à ceux qui ne parlent pas le même langage d'échanger. Il y a quelques semaines, Thomas avait rendez-vous en visioconférence avec sa famille brésilienne. Le jeune homme s'adressait à sa tante Valdece et prononçait son nom correctement, faisant du son [l] le son [ou] tandis que son père, lui, commettait l'erreur de prononciation, lui qui a pourtant le portugais comme langue maternelle. Au Brésil, Thomas et les siens se rendent tous les deux ans. Là-bas il se comporte comme chez lui. Il va à l'autre spontanément et tout se passe bien. En m'en parlant, François en prend la mesure : il n'a jamais remarqué le moindre regard déplacé à l'endroit de Thomas au Brésil. Aucun mépris, aucun jugement. Quand en France, dit-il, c'est le cas au moins une fois par jour.

Au quotidien, Thomas sait que certaines entreprises résisteront toujours à la maladie. En tête, celle de conduire une voiture. Alors François lui dit :

— Il te faut d'abord travailler ta concentration, regarder partout, les panneaux, les gens, les routes, surmonter tes défauts de perception spatiale.

Pour ça, Thomas est souvent emmené en forêt. Là-bas, il n'a d'autre choix que de grimper, de dévaler des pentes cabossées de cailloux, de surmonter les crevasses ou les nids de branches étalées au sol et chaque promenade est un progrès.

François, qui regarde son fils crapahuter dans les bois, est resté le même aussi. Un homme tourné vers les plus faibles, aujourd'hui les migrants d'Ouistreham, lui qui considère la maladie de son fils comme un simple retard. On loupe le train de quatorze heures quarante-cinq et ce n'est pas grave. On prend le suivant, car il y aura un suivant. François continue de suivre chaque Téléthon. Sa carrière au laboratoire GANIL est reconnue, et pour l'association François orchestre toujours les projets de recherche. Depuis la création de cette dernière, quarante-deux projets ont été financés.

Parmi eux, celui mené par une équipe bordelaise qui démontre la corrélation entre la gestion du calcium et les différentes manifestations du syndrome, l'hypercalcémie mais aussi l'hyperacousie, l'angoisse et les capacités intellectuelles. Autre projet fondateur, celui mené par une docteure canadienne quant à l'origine du syndrome. Son étude démontre que lors de la coupure d'une branche du chromosome 7, les deux morceaux se rattachent par le système de reproduction qui répare l'ADN.

— Ces brisures arrivent constamment pour tout le monde, parfois cela peut n'avoir aucune implication. Parfois cela entraîne des syndromes ou des cancers latents.

Mais dans le cas précis des Williams, le système de reproduction se trompe et recolle les deux parties en oubliant un morceau intermédiaire assurant la jointure. D'où l'apparition de la maladie.

Aujourd'hui une grande part des deniers de l'association provient de grands levers de fond comme des ventes aux enchères, comme celle organisée en 2019 aux Hospices de Beaune, qui permit de récolter cent mille euros avec sa marraine Ophélie Meunier. Mais l'association vit toujours de petits dons personnels, d'actions ciblées dans des écoles, des kermesses, de ventes de muguet, de séances de cinéma… Chaque euro compte, qu'il soit issu de la course à pied caritative ou de la vente d'un tableau par une célébrité.

Au terme de nos six mois d'échanges, François voudrait me faire un dernier aveu. Son fils est épanoui, sa famille aussi, mais il y a une chose qui n'est jamais prise en compte dans leurs histoires. Cette chose, c'est le temps. Le temps de s'occuper des enfants tout en continuant à travailler sous le regard des collègues. François se souvient, comme si c'était hier, de sa femme Jana et lui devant organiser des « quarts » à la maison. Trois heures de sommeil, trois heures de garde. Tous les soirs. Pendant des années. Et Jana qui en faisait plus parce qu'elle avait sollicité, comme tant de mères, un temps de travail à 80 %. 95 % des demandes d'information adressées à l'association proviennent de femmes. 90 % du suivi administratif et médical est assuré par elles. Comment expliquer un tel contraste ? Un effet culturel ? Un partage des rôles ? Un manque d'intérêt de la part des pères ? François ne jette pas la pierre, il s'interroge. Dans son quotidien, il concède n'avoir jamais réussi à confier ses difficultés à ses collègues masculins ni à ses amis. Comme si cela revenait à avouer une vulnérabilité. À chaque fois, François a l'impression de se heurter à un mur.

L'an passé, l'association a remis à Brigitte Macron un rapport témoignant de la précarité vécue par les mères élevant un enfant handicapé. On y apprend qu'il existe quatre cent mille foyers en France avec un enfant en situation de handicap, pour lesquels deux tiers des mères arrêtent leur activité ou réduisent leur temps de travail – tandis qu'un père sur cinq adapte sa vie professionnelle. 43 % des mères de famille deviennent sans emploi, dévouées à l'accompagnement et à l'intégration de leur enfant, avec pour risque de subir une surcharge mentale, un isolement et un oubli de soi. Dans ce rapport, on note de nombreux témoignages de femmes à qui il a été reproché de maintenir une activité professionnelle au lieu de dédier leur vie à leur enfant handicapé, et je repense à cette phrase quand Anne-Laure avait voulu inscrire Marius à l'école maternelle. La directrice l'avait regardée droit dans les yeux et avait dit : vous n'êtes qu'une égoïste.

Ces reproches ne sont jamais adressés aux hommes.

Le rapport fait état de nombreuses préconisations. Une retraite automatique à soixante-deux ans. Le renforcement du statut d'aidant et de systèmes de garde extérieurs. Des allocations financières et des formations spécifiques aux démarches à mener. Mais on en est encore loin. Dans toutes ces histoires de famille, la plupart des mères ont sacrifié leur carrière. Elles ont refusé des opportunités professionnelles, comme Sylvie, ont réduit leur volume de travail comme Jana, Carine, ou Gaëlle sur ses parkings. D'autres travaillent le week-end ou la nuit, comme Anne-Cé. La discussion, à chaque fois, est la même. Je l'imagine dans la chambre fermée. Pas tellement :

«Qui, dans le foyer, est le plus à même de s'occuper de l'enfant handicapé?», mais plutôt: «Qui est à même de perdre ce temps-là?», «Qui est à même de sacrifier son temps et son salaire?», et le salaire de la mère est généralement plus faible que celui de son conjoint.

Mais s'occuper d'un Thomas ou d'une Maléna n'est pas quantifiable. C'est une vie menée comme un investissement, le tonneau percé des Danaïdes, la pierre rugueuse de Sisyphe. Jana et François ont travaillé tous les soirs pendant des années, y compris pendant les vacances, pour compenser le temps médical consacré à Thomas. Personne n'imagine ce que signifie ce temps-là, volé au repos et à soi, qu'on leur prend sans cesse et qui ne leur revient plus. Ce temps n'est imaginable pour personne. Ni pour les centres de santé ni pour les médecins, ni pour les proches, ni pour moi. Il est une réalité lointaine, insaisissable, comme l'angoisse sourde que Gaëlle dit ressentir à chaque prise de rendez-vous, à chaque temps subtilisé. C'est la sortie annuelle au restaurant permise à Éloïse et Anne-Cécile, ou le sentiment de Carine, quand on lui annonce un cancer, de payer une dette. On ne peut pas concevoir ce que dit le temps passé avec un enfant différent, car il déteint sur tout, il est une vie entière tracée à contre-courant : prise dans la culpabilité, la peur, l'isolement, la rigidité administrative et le million de tout petits sacrifices incessants.

Aime et fais ce que tu veux

À la fin, je me retrouve au commencement. Dans la cuisine d'Anne-Laure, deux ans plus tard, en face de Marius et de son paquet de Prince – lequel remporte tous les suffrages chez les enfants atteints du syndrome de Williams. Marius en est à son troisième, il trempe le biscuit dans un grand verre de lait, il n'en propose pas, trop occupé à déguster, à parler, son visage en accéléré, ses cheveux coupés ras par la coiffeuse du quartier, ses gestes enfantins qui resteront à jamais.

Anne-Laure est à l'autre bout du couloir, attablée à son petit bureau en bois qui délimite l'entrée, au téléphone pour le boulot. Je l'entends gérer ses appels et j'entends la novlangue managériale, des mots comme *updater*, *prez'* ou *brainstormer* et en fin de phrase ses expressions à elle, c'est génial, j'adore, c'est canon, et je repense tout à coup au point de départ de l'entreprise qui m'a mené là.

Le point de départ du livre, c'est elle, quand dans un train pour une dédicace en librairie il y a deux ans de cela, j'ai pensé à Marius, j'ai pensé à elle, qui l'élève comme d'autres soutiennent la voûte du ciel. J'ai pensé tout à coup à écrire cette femme, j'ai hésité, c'était trop tard, inventer un personnage de mère, inventer une femme qui vit comme on combat, qui court sans expirer, jamais vaincue, si peu essoufflée, une mère enthousiaste pour tout, même pour un ramassage caritatif de déchets.

Mais cette mère, je ne l'invente pas, elle est en face de moi. Anne-Laure est une mère comme tant d'autres, une mère qui est loin de n'être que ça, une femme qui travaille sans compter ses heures, qui milite, dédie ses soirées et ses samedis à la lutte contre la maladie, qui gère Marius, ses enfants et les autres en tous lieux, qui finit par mener cinq vies à la fois, peut-être six, sans jamais freiner, ni douter, en équilibre toujours sur la cimaise qu'est sa vie. Une femme qui parle à fond, sans s'interrompre, comme on danse à minuit, ça va vite et je préviens, chez Anne-Laure ça peut donner le tournis, mais personne ne chavire, tout le monde s'agrippe à son bras, parce que pour tous elle prend la balle au bond, elle inspire, va loin, au filet et au fond, elle voudrait plus, toujours et tous la suivent, son mari débonnaire sourit, il la laisse dire, Anne-Laure a une nouvelle idée géniale, une lubie, elle en parle à l'assemblée, pour Marius, elle a des mots spéciaux, des mots secrets, des mots fabriqués et c'est en l'écoutant attentivement que j'ai compris que c'était elle et non un personnage inventé, c'était sa voix qu'il fallait restituer, et son regard quand elle se tourne vers son fils comme aucun parent ne le fait – « D'accord Marius, on fait comme ça ? Marius, voilà ce que je te propose, qu'est-ce que tu en penses, est-ce que cela te va ? », c'est dans ces phrases qu'elle prononce sans y penser, ces phrases qu'elle énonce toujours sous forme de questions pour donner à son enfant le rôle le plus important, celui de la décision, que j'ai compris qu'il fallait écrire Anne-Laure, la dire sans inventer, faire de ce livre une longue, très longue, traversée qui tisse les âges et les vies comme des fils à bâtir, ténus, solides, qui sont plus que des vies, plus que des romans, peut-être, maintenant, les deux réunis.

— Alors, dix-huit ans, qu'est-ce que ça te fait, Marius ?

— C'est le pied, c'est trop bien mais c'est du sérieux attends, maintenant faut se concentrer, faut plus rigoler !

Dans la cuisine je finis la conversation avec le jeune homme. Il me parle de son anniversaire et d'Emma, son amie d'enfance qui vient babysitter Charlotte, il me dit : je t'ai parlé d'Emma ? et je dis que oui, Marius, tu m'en as parlé déjà – en vérité, au moins cent fois. Mais Emma, elle est extraordinaire tu vois, il faut qu'elle soit dans mon livre, et Charles, Hippolyte aussi, ce sont des gens en or, ils sont vraiment incroyables, franchement tu les connaîtrais, tu saurais la chance que j'ai.

Marius termine son verre de lait, Anne-Laure depuis le bout du couloir s'époumone, j'arrive, Julien, laisse-moi dix, allez quinze minutes, Marius qui me parle encore de ses amis, me montre la vidéo-parodie de *Bref* dans laquelle il a joué, il dit : regarde tous les commentaires que j'ai reçus !, Marius scrolle nerveusement sur son fil Facebook, j'étais la vedette, regarde les commentaires, et là c'est pour mon anniversaire la semaine dernière, t'as vu ce qu'il y a écrit, regarde tous mes amis ! Marius est la vedette de sa vie et on devrait tous l'être, on devrait tous s'inspirer de lui, Marius veut me montrer à quel point son existence est belle et inouïe, il pense alors à la vidéo avec le chanteur M, oh le pied, regarde comme je m'éclate à la batterie, attends, je te montre la vidéo – tu m'as déjà montré, tu sais ! – alors écoute ce morceau, écoute !, et sur son téléphone Marius met à la hâte une chanson de Coldplay, ce n'est pas la bonne, Marius cherche et pianote, appuie sur une autre piste, écoute ça, ça me fait planer, écoute, pas ce passage, attends ça arrive, c'est après ça, mais faut vraiment que mes amis soient dans mon livre, hein Julien, et Anne-Laure entre au moment du refrain :

— Marius je t'ai dit, tu te rappelles, ce n'est pas *ton* livre.

Anne-Laure s'assoit pour discuter, mais je dois écouter le passage qui fait décoller Marius, c'est celui-ci, *wow*, t'as vu ça, Marius mime les frappes de batterie avec ses mains comme lorsqu'il était sur scène avec M, libre et fier. Anne-Laure attend sagement sans interrompre son fils, la mère se tient prête même si je sais qu'à chaque fois qu'on revient au livre, on s'écarte, on dévie, on palabre au sujet de leurs futures vacances en Tanzanie, cette fois Anne-Laure me dit : promis je te laisse poser tes dernières questions, je suis tout à toi, pas de divagation, mais nous divaguerons comme nous avons divagué, on s'en fout au fond des questions, j'ai déjà Marius, ses amitiés, ses vidéos et son verre de lait.

La chanson se termine et Marius s'en retourne dans sa chambre, et je dis à Anne-Laure, dix-huit ans, un adulte, ça y est. Anne-Laure souffle longuement. Comme pour dire qu'elle n'a pas vu le temps passer. Comme pour dire qu'elle l'a vu, tout compte fait. Qu'elle était là à chaque minute, qu'avec Marius, elle a connu chaque instant.

Pour son anniversaire, une grande fête a été organisée, puis reportée à cause du Covid. Anne-Laure me dit qu'elle avait tout prévu pour cette soirée déguisée sur le thème « M comme Marius ». Elle avait lancé une centaine d'invitations, loué un *food truck* de *hot dogs* signés « Monsieur Saucisse », prévu chaque déguisement – depuis, ils attendent patiemment dans le placard :

— Le martien, la marquise, le magicien, le M&M's, je te dis pas. On a des déguisements pour un régiment, là.

À la place, Marius a eu droit à une visioconférence d'une journée au cours de laquelle les copains, les parents, les amis lui ont successivement témoigné leur amour par écran interposé, orchestrée toujours par sa mère. Marius m'en parle comme d'une autre preuve, celle de sa joie, celle du monde fidèle qui pour lui reste là.

Maintenant qu'il est majeur, Anne-Laure a dû protéger son fils. Sur avis médical, elle a fait la demande d'une habilitation familiale auprès du procureur pour le représenter juridiquement, car Anne-Laure en a vu, des jeunes adultes porteurs du syndrome se retrouver au poste de police pour des incidents qui n'étaient pas de leur fait. Entre la vie associative, privée et professionnelle, Anne-Laure jongle comme elle a appris à le faire à la naissance de son fils. Cette année, l'association est retournée faire *Fort Boyard*. Bien sûr, les équipes avaient changé mais l'association est restée la même, ses fondateurs aussi. D'ailleurs, ça lui revient :

— À l'origine, l'association devait s'appeler « Le bloc-notes de Marius et Thomas ».

Dans l'association, Anne-Laure est la seule à accompagner les familles en cas d'avortement thérapeutique et elle trouve important de m'en parler. Avec l'avancée de la recherche, il est possible d'interrompre la grossesse tardivement, même le jour du terme. À chaque fois, c'est un appel à l'aide qu'Anne-Laure reçoit des familles. La plupart du temps, les parents réussissent à prendre une décision commune, garder l'enfant ou non. Mais il arrive que les avis divergent, Anne-Laure se rappelle d'un père musicien qui désirait l'enfant et de sa compagne qui ne se sentait pas les épaules pour élever un garçon différent. Chaque discussion est un crève-cœur pour la mère de Marius qui doit arbitrer de façon neutre, sans affect, ni penser à son fils. Alors, sans nier ni aggraver, Anne-Laure raconte les difficultés qu'il y a à élever un enfant porteur. Elle décrit les prises en charge médicales, la rééducation, l'investissement de vie. Mais elle leur dit aussi à quel point ces enfants sont riches d'amour. Anne-Laure tient à cet équilibre. Et quand les familles demandent son avis, elle ne le donne jamais. C'est important pour elle de ne rien confier.

— C'est une décision qui appartient à chaque parent, il n'existe pas de bonne décision, pas de route à suivre, pas de conseil à prendre de l'entourage ou de médecins qui souvent encouragent à interrompre la grossesse.

Deux fois sur trois, les parents prennent la décision de ne pas garder l'enfant, et ces interruptions concernent toujours un premier enfant. Peut-être parce qu'une telle décision serait plus insupportable pour des parents qui le sont déjà. Pour eux, ou pour les frères et sœurs qui ont suivi la grossesse, mois après mois.

— Mais récemment on a accueilli une petite Louna âgée de trois mois.

Anne-Laure s'illumine quand elle en parle. Ce « on » qui dit son combat, son action collective, les familles toutes ensemble. Anne-Laure me raconte cette jeune femme célibataire qui l'avait contactée après la nouvelle annoncée par l'échographiste. Elle voulait sa fille, malgré l'avis des médecins. La jeune femme disait qu'elle l'aimait déjà, qu'elle ne se voyait plus vivre sans elle. Mais comme ses revenus étaient modestes, elle avait peur. Elle se demandait si elle allait pouvoir alléger son travail de cariste et bénéficier d'allocations pour se consacrer à sa fille. Sans ces aides, la jeune femme ne s'en serait pas sentie capable.

Pour son engagement, Anne-Laure a reçu des prix de la Mairie de Paris ainsi que, par Pierre Birambeau, le fondateur du Téléthon, le prix des Femmes formidables. Il y a quelques mois, sur nomination de Sophie Cluzel, secrétaire d'État chargée des Personnes handicapées, elle a reçu la médaille de l'Ordre national du mérite des mains d'Élisabeth Moréno. Anne-Laure en a pleuré. Mais, parmi ses fiertés, Anne-Laure ne parle que de Marius et de l'association. Des collaborations avec Pierre Hermé pour la Journée internationale du macaron et de tous les parrainages, François-Xavier Demaison,

Christophe Lambert, le chanteur M, Théo Curin qui vient de participer à *Pékin Express* au profit de l'association ou encore Laetitia Hallyday, à qui Anne-Laure avait rendu visite à Marnes-la-Coquette. Et puis Alexia Laroche-Joubert qui, comme Anne-Laure et toutes les personnes concernées, a fait de sa peur du handicap un engagement sur le long terme, et tous les enfants se rappellent leurs visites à la *Star Ac'* et à *La Ferme célébrités*.

Depuis quelques années, la journaliste de *Zone interdite*, Ophélie Meunier, est la nouvelle marraine de l'association et Ophélie a noué des liens forts avec les enfants, elle est présente pour eux, elle suit les familles, prend des nouvelles tous les mois, comme une vraie marraine.

À côté des enfants, Anne-Laure s'occupe de la diversité chez L'Oréal. Handicap, origines, féminisme, questions LGBT +, elle travaille d'arrache-pied et manque de temps pour accueillir les nouvelles familles dans l'association. D'autres s'en chargent, mais Anne-Laure se sent mise à distance. Dans quelques jours, une grande réunion des familles est prévue et Anne-Laure se dit contente, voilà sa respiration, son endroit.

Anne-Laure a trois enfants maintenant. Siméon a seize ans et la petite dernière, Charlotte, vient d'avoir huit ans. Elle me dit que des trois, Marius est peut-être l'enfant qui lui cause le moins de souci.

— Il y a beau y avoir eu les opérations du cœur, les rendez-vous médicaux, les angoisses, Marius a une telle force tranquille qu'il traverse les épreuves quand elles viennent à lui.

À l'heure actuelle, aucun traitement ne permet la guérison de la maladie de Marius. Anne-Laure est en paix avec ça. Chaque parent apprend à vivre avec cette espérance de vie floue, comme une incertitude, mais ne l'intègre jamais totalement. Si, dans la plupart des cas, le syndrome n'est pas mortel, aucune étude ne donne de statistique quant au risque précis. Il existe des cas avérés de personnes qui ont vécu très longtemps, tandis que la mort des enfants porteurs est quasiment toujours le fait d'un problème cardiaque. Ce qu'Anne-Laure a accepté aujourd'hui, c'est que peu d'adultes restent autonomes et que tous font l'objet d'un vieillissement prématuré.

Emma sonne à la porte de l'appartement, Marius se précipite hors de sa chambre, suivi de Charlotte et de sa copine venue de Bruxelles pour la semaine. Marius pousse un éclat de voix, Emma est là et Anne-Laure vient accueillir la jeune fille. Elle n'a pas besoin de faire plus, Marius s'en charge, ça va Emma, tu peux poser ton manteau, tu veux boire un verre d'eau, attends je dois te présenter mon écrivain et Emma répond, tu as un écrivain, c'est la classe ! et Marius de confirmer, c'est trop la classe.

Cette fois, Anne-Laure sourit, elle ne corrige pas son fils.

Aujourd'hui, Marius est un jeune adulte qui fait de son mieux. Ce prénom qui chante, qui me rappelle Pagnol, les cigales, les promenades, truffe au vent, sur les causses, est à présent un homme débonnaire, et je réalise à quel point j'ai du mal à dire *homme*, quand tout en lui et chez les autres me rappelle l'enfance, les cheveux bouclés, les sourires, les yeux qui parcourent nerveusement la vie. Marius donne en permanence des coups de main à sa mère – préparer un gâteau, mettre la table, laver les couverts. Bien sûr, avec lui, la table ne sera pas dressée complètement, il manquera probablement un verre et trois assiettes. Anne-Laure le sait, mais elle sait que Marius essaie. Avec son frère et sa sœur, Marius en fait de même. Il va aider l'un à chercher son t-shirt jaune perdu dans la maison alors qu'il assistera l'autre dans sa construction du château Playmobil toute la journée. Le mois dernier, à Rome, Marius n'a cessé de remercier sa famille pour ces vacances, ces restaurants délicieux, ces glaces à la pistache, ajoutant qu'il aimerait tellement être italien. Marius remerciait tous les jours. Il s'arrêtait dans chaque ruelle pour regarder l'Italie et contempler. Qui aujourd'hui prend le temps de la contemplation ?

Après l'Italie, Marius a eu hâte de rentrer et de retrouver sa vie. Car il a son rythme, ses repères, ses amis. Sa boxe le lundi soir, ses semaines de stage, son foyer. Marius travaille dans un institut la semaine. Il y suit des cours de français, de calcul, de gestion des émotions, puis il rentre le vendredi. À l'internat, Marius a atteint un tel degré d'autonomie qu'il a son propre appartement, qu'il partage avec Steban, son meilleur ami. Et parce que j'ai donné ma parole, je dois citer les autres : Emma, Hippolyte, Amiel, ses copains de collège ou encore Charles, Valentin, Erwan, Romain, ses amis de l'association. Mais Marius a un jardin secret. Parler des filles, il n'aime pas. Les émois d'Arthur ou d'Axelle, la vie de couple de Thomas et Svetlana n'ont rien à voir avec lui. Marius est comme ces enfants qui conçoivent l'amour de la même manière que celui porté à leurs parents. Parfois, sa mère lui demande où il en est, elle qui est tombée récemment sur un mot cerné de cœurs dans ses affaires, signé « Stefie ». Mais Marius a répondu qu'il n'était pas amoureux de Stefie, même s'il ne s'interdisait pas de l'être, tandis que Siméon le raillait en disant qu'ils auraient un peu la paix si c'était le cas.

— L'apprentissage d'un métier prend tout mon temps, dit Marius pour se défendre.

C'est vrai que Marius carbure. Il vient d'accomplir un stage au sein du prestigieux Pavillon Ledoyen, situé dans les jardins des Champs Élysées. Au début, Marius était déçu de ne pas croiser Yannick Alleno, mais le chef triplement étoilé est venu en cuisine au quatrième jour du stage. Bien sûr que Marius s'est empressé d'aller le voir. Tous deux ont discuté, fait des photos, avant que chacun retourne à ses affaires. Puis, le lendemain, le cuisinier est revenu voir Marius et lui a offert son livre dédicacé. Inutile de décrire le visage radieux de Marius après ça.

Depuis deux ans, Marius enchaîne les foyers et les stages, car la loi et la MDPH imposent aux jeunes adultes handicapés de s'orienter à l'âge de vingt ans. Marius a eu plusieurs expériences en blanchisserie et en restauration, notamment chez L'Oréal, car Marius est avant tout un passionné de cuisine. Il collectionne les livres de recettes, ne sait pas tellement les reproduire mais est capable de réciter par cœur chaque dosage, chaque ingrédient, chaque étape de préparation, comme de retrouver, quand on le lui demande, une recette de far ou de lasagnes, à la page exacte. Chez L'Oréal, Marius a été confronté à la cadence d'un grand siège qui compte plus de neuf cents couverts. Il était fier de croiser les collègues de sa mère qui le saluaient avec chaleur, tour à tour, chaque midi.

Comme Thomas, Marius s'est essayé aux espaces verts, mais on a dit de lui qu'il était « fatigable ». Marius avait du mal à porter, à soulever, à se pencher sans arrêt au-dessus des plans. Encouragé par sa mère, Marius n'a pas baissé les bras et a retenté l'expérience en Bourgogne. Il y a six mois, pour la première fois, Marius est parti à des centaines de kilomètres de sa famille, à Nuits-Saint-Georges, là où les espaces verts ne sont pas que des squares parisiens. Il vivait sur place dans un grand établissement pour enfants à besoins particuliers et les premiers jours, Marius s'est démené dans les activités. Mais des adolescents s'en sont pris à lui. On l'insultait, on disait qu'il n'était qu'un « Parisien, tête de chien » et qu'il devait dégager.

Ces remarques, Marius s'en souvient à chaque fois. Elles font partie de lui, elles l'abîment mais lui rappellent toujours ce par quoi il faut passer pour exister. Contrairement à Thomas, Marius ne sait pas répondre. Se défendre. Dire à l'autre de se taire ou d'arrêter. Comme en primaire, quand il avait neuf ans, lorsque des camarades lui ont mis la tête dans la poubelle.

Après des jours de harcèlement en Bourgogne, Marius a fini par appeler sa mère, en pleurs, qui l'a aussitôt incité à rentrer. Un coup dur pour elle, qui vivait leur premier incident à distance. Les équipes ont refusé que le stage se termine. Marius a alors continué, fatigué par l'amplitude de ses journées, le terrain, les regards et les injures de ses camarades. Le stage s'est conclu par un rapport intransigeant : trop fatigable, pas fait pour ça.

À chaque coup dur, Anne-Laure est là pour son fils. Il faut voir cette manière qu'elle a de positiver chaque moment, chaque échec ou réussite, car ces célébrations sont pour elle une façon d'avancer, d'accepter toujours, parce que l'acceptation n'est pas un instant T qui apparaît comme arrive la pluie, elle est une croisée des chemins, un voyage en soi qui ne se termine jamais mais progresse toujours un peu plus. Alors il faut le voir comme une promesse : oui, il y a tant à faire encore pour Marius. Tant de choses à réaliser. Tant d'autres qui lui résisteront, mais Anne-Laure est là pour l'aider à surmonter les épreuves, c'est une charge mentale à vie pour elle qui se demande, sur le tabouret de sa cuisine :

— Quand Marius retournera à l'ESAT Berthier, en janvier, qui sera à la maison le soir pour lui ouvrir la porte et l'accueillir ?

La moindre chose dans la vie de Marius est pour sa mère un sujet à penser. Un cadre à organiser. À dix-huit ans, le garçon ne sait pas signer un contrat, gérer de l'argent, se faire à manger, traverser seul une route, laver son linge, et quand il rentre le week-end, Marius donne une boule de vêtements à sa mère sans séparer ce qui est propre, sale. C'est ça, la maladie. Anne-Laure se rappelle d'un soir où toute la famille regardait un film dans le salon. Tout le clan riait aux éclats devant cette comédie pour enfants, y compris Marius. Il riait aux mêmes moments que les autres dans ce grand canapé vert forêt. Instinctivement, Anne-Laure s'est tournée vers Marius. Elle lui a demandé de raconter l'histoire du film, de faire un résumé. Marius était incapable de parler de quoi que ce soit. Rien ne lui restait, et ce jour-là, la mère de famille a pris la mesure exacte de la déficience de son fils. Elle se rappellera cette soirée toute sa vie.

Marius ressent lui-même ce décalage. À présent il ne reste jamais jusqu'au bout du film. Il regarde le premier tiers pour être avec sa famille, s'imprégner d'une ambiance, mais finit par aller à sa vie, dans sa chambre. C'est une réalité qui m'attriste, dont personne ne peut concevoir vraiment ce que ça implique mais je sais que pour lui cette résignation a été douloureuse. Anne-Laure se rappelle de toutes ces nuits adolescentes où Marius pleurait. Il criait dans son lit, répétant en boucle qu'il ne voulait pas de son handicap, qu'il n'en voulait pas, non qu'il n'en voulait surtout pas. Anne-Laure s'en allait à son chevet, elle le soulevait, le berçait, le portait de tout son poids, son âge, sa douleur, pour panser ses angoisses.

Comment expliquer chez Marius et les autres cette irruption de la dépression ? Comment se fait-il qu'ils passent d'un état de joie permanente, de ce désir de dire bonjour tout le temps à une tristesse sans nom ? Justement parce qu'ils ont grandi. L'amour qu'ils portent au monde, cette capacité à s'intéresser et à faire confiance sont mis à rude épreuve. Ils font face à cette injustice qui résume le passage à la vie adulte : on câline plus facilement un enfant aux grands yeux bleus qui fait rire la galerie qu'un adolescent maladroit de seize ans dont les traits sont plus durs, la bouche pendante, le corps petit, le strabisme prononcé. À quel moment précis cette prise de conscience se produit-elle pour eux ? À quel instant la désillusion s'opère-t-elle et achève-t-elle la magie d'un monde avenant, et comment s'y résoudre ?

Généralement les symptômes sont les mêmes pour ces enfants. Des inquiétudes au sujet de leur avenir, de leur santé, de n'importe quel événement qu'ils anticipent plus que la moyenne. Cela se traduit par des troubles de l'humeur, des comportements obsessionnels compulsifs, un besoin de ranger, de fermer de façon répétée les portes, une perte d'autonomie et une sensibilité à la critique ou aux problèmes d'autrui, des préoccupations récurrentes – les attentats ou le réchauffement climatique – et même des phobies sociales souvent liées aux accumulations de moqueries de l'enfance, emmagasinées des années durant en silence.

Selon l'étude américaine Davies et coll, les parents d'adolescents porteurs considèrent leur enfant comme anxieux à 69 %, souffrant de stéréotypies à 86 %, de peurs à 57 %. Un adolescent sur dix présente des traits dépressifs, et un adulte sur trois a connu un épisode dépressif majeur dans sa vie. 76 à 86 % de ces enfants ont déclaré avoir peu d'amis, et je comprends maintenant les discours en boucle de Marius au sujet d'Emma, ou cette main nerveuse quand il scrolle son fil Facebook à la recherche de commentaires d'« amis » comme d'autant de preuves qu'il est aimé comme il aime.

Marius a suivi des thérapies cognitives et comportementales pour s'en sortir, et celles-ci sont efficaces, car brèves et structurées, fixées autour de l'idée de réapprendre l'estime de soi, l'idée aussi de faire reconnaître cette déformation magique que les enfants ont toujours eu de la réalité. Marius a vu une psy de longues années durant, et cela va mieux. Il continue aujourd'hui de lui téléphoner de temps à autre. Si Anne-Laure reste vigilante sur sa santé mentale, elle sait qu'aujourd'hui, il est apaisé. Elle en tient pour preuve ses sourires constants et sa positivité, et alors, après avoir quitté un temps la pièce, Anne-Laure revient, à la main la lettre que son fils a écrite pour elle et son beau-père, le jour de la Saint-Valentin. En gros caractères enfantins :

Je vous aime, merci, merci de vous aimer.

Anne-Laure sait que cet apaisement naît de chaque relation que Marius a su nouer, de sa grand-mère qui s'est occupée de lui les premières années, de ses médecins, de cette psychiatre qui l'a aidé à s'accepter, de ses parrains, de leurs amis qui gardaient Marius, de tous ces gens qui, dans le voyage du handicap, ont accepté de prendre un temps le relais. D'ailleurs, sa grand-mère est en train de perdre la vue désormais et comme une relation qui s'inverse, c'est Marius qui s'occupe d'elle maintenant, toujours patient, tendre, dévoué à elle pendant les vacances scolaires.

Quand, à quinze ans, Marius pleurait dans son lit en rejetant son handicap, il rejetait le handicap des autres. Le handicap en général. Marius n'aimait pas rester avec ses camarades de la section CLIS. Il n'aimait pas se voir en eux. Il n'aimait pas ce miroir tendu sur sa différence. Dans la cour, nonchalamment, le garçon préférait rester avec ceux du milieu ordinaire, comme c'est le cas d'Arthur à présent qui part chercher le contact le soir à la grille des lycées. Car c'est dans la rencontre de l'autre qu'ils s'apprennent, comprennent qui ils sont, à cet âge bâtisseur où l'acceptation passe surtout par soi.

Puis Marius a quitté son collège pour entrer en institut, un univers d'enfants handicapés auquel il ne pouvait échapper. Une épreuve qu'il a réussi à traverser en repensant tous les soirs à son dernier après-midi dans la cour de l'établissement. Anne-Laure avait tenu à préparer un pot de départ dans la classe de son fils, mais les professeurs lui avaient répondu que non : le pot de départ ne pouvait pas se faire avec la classe, mais avec tout le collège, car tout le monde voulait lui rendre hommage.

Ce jour-là, plus de deux cents élèves s'étaient retrouvés sous les arbres du préau de Sainte-Ursule à célébrer Marius. Il y avait des t-shirts customisés à son nom, des dessins, des distributions de mots d'élèves et de cadeaux. Marius était le plus vivant parmi les vivants. Non pas parce qu'il était au centre de toutes les attentions, mais parce que l'amour qu'il porte sincèrement au monde, il le recevait en retour. Il le touchait du doigt.

Parmi les cadeaux que Marius a reçus ce jour-là et qu'il a gardés précieusement dans sa commode, cette lettre manuscrite de sa professeure d'anglais. En quelques mots, l'enseignante avait écrit à Marius ce que le livre raconte, je crois, à tous les autres, à tous ceux et celles qui ne se définissent pas par des normes et dont c'est le plus grand des mérites, la plus grande victoire pour nos horizons à venir. Comme un ultime encouragement, la professeure avait écrit : *Ne doutez pas de vous, Marius, vous êtes précieux, ne l'oubliez jamais, ayez confiance à chaque instant, faites de votre mieux chaque jour, votre valeur est inestimable.*

Cher Marius,

c'est un regret profond de vous voir partir mais je suis sûre qu'un bel avenir vous attend. Ne doutez pas de vous. Ayez confiance à chaque instant et faites de votre mieux chaque jour. Votre Valeur est inestimable. Marius, vous êtes précieux, ne l'oubliez jamais. Nous avons eu le grand plaisir de vous connaître. D'autres auront bientôt la chance de vous connaître à leur tour. Comme le disait Ste Angèle Mérici, croyez, osez y croire et persévérez sans cesse. Je pense fort à vous même si la distance nous sépare.

Je vous embrasse très fort,

Mme Loignon.

Loignon

P.S. William Shakespeare disait "Aime et fais ce que tu veux." Prenez le temps d'aimer ce que vous faites. Nous sommes si fiers et fières de vous ☺

Remerciements

Merci aux enfants et à leurs familles qui m'ont appris, ému, transporté dans leurs vies, derrière la porte de leurs chambres ou à l'hôpital, dans leurs salons ou leurs laboratoires, en Espagne, à Montesson, en Italie ou au Brésil, au ski ou dans les zoos du monde entier, les restaurants étoilés ou les églises, les cabinets médicaux, au cœur d'une gendarmerie ou sur un grand canapé de cuir, dans le collège d'une grande sœur invincible, dans les sous-sols du KGB ou au pôle Nord, dans leurs e-mails du soir ou leurs appels téléphoniques, leurs albums de famille, leurs vidéos, leurs sourires, leurs lasagnes ou leurs pâtes carbonara, et, bien sûr, devant les grilles de lycées et sur des parkings que je ne verrai plus jamais de la même manière, car ce sera toujours se rappeler Arthur, Axelle, et les autres.

Pour plus d'information :

Imprimé sur du papier issu de forêts gérées durablement.

Imprimé en France en septembre 2023
par l'Imprimerie Maury S.A.S. à Millau (12)

P31224/03
Dépôt légal : août 2022
N° d'impression : I23/73901L